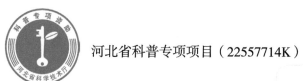

河北省科普专项项目（22557714K）

内经养生桩与传统导引术

主　编　张素钊　胡增平等

学苑出版社

图书在版编目 (CIP) 数据

内经养生桩与传统导引术 / 张素钊等主编 . — 北京：学苑出版社，2024.4
ISBN 978-7-5077-6931-9

Ⅰ . ①内… Ⅱ . ①张… Ⅲ . ①《内经》—关系—养生（中医）
Ⅳ . ① R221 ② R212

中国国家版本馆 CIP 数据核字（2024）第 070429 号

出　版　人：洪文雄
责　任　编　辑：黄小龙
出　版　与　发　行：学苑出版社
社　　　　　址：北京市丰台区南方庄 2 号院 1 号楼
邮　政　编　码：100079
网　　　　　址：www.book001.com
电　子　邮　箱：xueyuanpress @ 163.com
联　系　电　话：010-67601101（营销部）、010-67603091(总编室)
印　　刷　　厂：天津鸿景印刷有限公司
开　　　　　本：710 mm×1000 mm 1/16
印　　　　　张：7
字　　　　　数：128 千字
版　　　　　次：2024 年 4 月第 1 版
印　　　　　次：2024 年 4 月第 1 次印刷
定　　　　　价：78.00 元

编 委 会

序

内经养生桩是以《黄帝内经·素问》中的"独立守神"为形，以"提挈天地，把握阴阳，呼吸精气"为规，从而达到"独立守神，肌肉若一"的精神境界，起到养生的效果。它强调在锻炼中休息，在休息中锻炼，具有调节神经、促进气血循环、加强新陈代谢的作用，能调整恢复人体机能，达到治疗疾病、保持健康的功效。

浊毒理论指出浊毒有内、外之分，"内浊毒"即人之浊毒，"外浊毒"包括天之浊毒、地之浊毒。人之浊毒即人体内生之浊毒，情志不遂、饮食不节、滥用温补、汗出不畅、精微瘀积均可使清化为浊，酿生浊毒。浊毒互结于人体，既是致病因素，也是病理产物。内经养生桩是根植于经典理论和临床实践的，它是在浊毒理论之加速"人之浊毒"外泄理论的基础上形成的创新性的功法。

内经养生桩是对浊毒理论的外在应用，练习该功法可使气血运行通畅，将人体内浊毒物质通过汗液、尿液、粪便等排出体外以化浊解毒，其理论依据与实施方法具有学术价值。

内经养生桩作为一种中医养生功法，不论参与人员，不限年龄性别，不拘身体强弱，亦无场地限制，有病者治病，无病者防病，追求静中生动，动中求静，是中医药文化的一大瑰宝，是中医养生文化的重要内容，且其动作刚柔并俱，流畅儒雅，在兼具强身健体作用的同时，具备艺术观赏价值。

内经养生桩将传统医学与现代医学融会贯通，应用在养生领域，可显著改善民众亚健康状态，降低慢性病、老年病的发病率，丰富和扩展了中医对多种疑难疾病的认识，提高了临床疗效，具有独特的创新价值。

张素钊主任是我的弟子，也是第七批全国老中医药专家学术经验继承人，他组织了一批在临床一线工作多年、有着丰富经验的医务人员将这一功法编纂成书并邀请我为之作序。我欣然接受并希望本书的出版能为人们提供一种简、便、廉、验的中医健康养生方法，以帮助民众提高身体素质。

是为之序！

李佃贵

二〇二三年十二月

李佃贵，中医浊毒论创始人，第三届国医大师，中国中医科学院学部委员，首届全国中医药高等学校教学名师。

前　言

内经养生桩里面包含许多中华传统文化思想。比如，混沌、阴阳、八卦、太极、天人合一等。"肌肉若一"，是站桩所追求的均衡状态，也就是我们常说的混沌。把握阴阳，就是要求站桩时把身体在混沌的基础上分出松紧，后拔前松沉，特别强调前面胸腹要放松，如老虎、青蛙的肚子，后背由于前面的悬吊而发紧，这即是阴阳。随着练习人员功力的加深，我们逐渐要达到的状态是整体，是乾，即易经八卦里的符号三连（☰），以后还要把三连分开成为六断（☷），即坤。如果从横切面把练习站桩的人群做运动时的轨迹记录下来，就会发现是一个完整的太极图。站桩者的脊柱运动过程，在自转的同时也在公转，这种运动符合天体的运动轨迹，也就是中医所提出的"天人合一"的最佳状态。

随着电子产品的普及，低头、久坐成为普遍现象，筋骨损伤、变形、退变、脊柱侧弯等各种原因造成的病变人群越来越庞大。我们根据内经养生桩的特点，将其应用到骨关节病的预防、康复和慢性损伤的治疗上，效果显著；对失眠、慢性胃肠炎亦有较好的效果；对有肢体发冷、麻木等症状的患者，练习站桩后亦有一定的改善；对心脏病、高血压、糖尿病等疾病可以起到辅助治疗作用；对情志病的诊疗也有较为明显的效果；亦能应用于对人体亚健康状态的调理。内经养生桩渗透了中医辨证论治的治病理念，通过站桩调桩达到排泄人之浊毒的治病效果。在治未病领域前途广阔，男女老幼都可以练习，没有场地限制，效果明显，适合推广。

2014年，医院将内经养生桩确立为治未病中心的一项中医传统运动项目，自开展培训活动9年的时间里，我们开展公益课700多场，练习人次达到10万余人，进社区单位宣传巡讲30多场，参加国家级、省级、市级中医传统功法宣传演练20多场。2015年我们开始举行内经养生桩进病房活动，利用业余时间免费教授患者站桩功法，受到患者及家属的广泛好评。为了进一步推广内经养生桩站桩功法，张素钊主任带领团队开展了内经养生桩的理论研究，并通过胡增平老师举办的公益培训班等多种形式进行了科学普及宣传活动。通过现场授课、巡讲、报纸、电台、电视台、公众号、微信群、短视频平台等多种形式进行了科学普及，并在河北省中医院本部和西院区开展公益培训班活动并持续至今。2022年，我们申请立项了河北省创新能力提升计划科学普及专项项目，该项目由张素钊主任负责设计与实施，由胡增平老师提供动作要领、分解动作部分的内容撰写，由团队其他成员挖掘相关理论、文献，完成撰写并负责整理、校对书稿及协助书籍出版后的推广、普及工作。胡增平老师自幼爱好武术，先后学习过太极拳、八卦掌、少林拳、截拳道、六合拳、形意拳、大成拳等。在河北省中医院工作期间，胡老师有幸跟随全国知名大成拳第三代传人杨鸿晨先生学习内经养生桩，并被收为入室弟子。同时，作为河北省中医院治未病中心内经养生桩指导老师，他还深入研究了八段锦、五禽戏等中医传统养生方法，致力推广和传播中医传统健身养生方法。

我们团队结合近些年临床实践经验，将传统八段锦、五禽戏、鹤行步、五行操与养生桩相结合，依据当代民众体质，以"浊毒理论"为基础，总结出一套新的功法。该功法有利于身体健康，加速"人之浊毒"外泄。功法理论源自"浊毒理论"，养生理念源自《黄帝内经》，因此本书以内经养生桩冠其名，同时，动作要领结合了传统导引术，故而斟酌再三将本书命名为《内经养生桩与传统导引术》。

本书共分八章，第一章为中医基础理论，第二章为浊毒理论与站桩，第三章为内经养生桩，第四章为内经八段锦，第五章为内经五禽戏，第六章为内经鹤行步，第七章为内经五行操，第八章为养生桩站桩心得体会。

本书在编写的过程及内容上尚有不足，亦难免有不当之处，敬请读者予以指正，以期为养生桩事业的发扬光大增砖添瓦。

编者
2023 年 12 月

目　　录

目　录

第一章
中医基础理论

一、气血津液

气、血、津液是构成和维持人体生命活动的基本物质，虽然性状、分布与功能各具特点，但在生理活动中相互渗透、相互为用、相互制约并相互转化，发生病变时亦相互影响。

（一）气与血的关系

气与血在人体生命活动中占有重要地位，《素问·调经论》曰"人之所有者，血与气耳"。气属阳，主推动与温煦，血属阴，主滋润与营养，两者既相互滋生、相互为用，又相互制约。清代吴澄《不居集·血症八法扼要》言："人之一身，气血不能相离，气中有血，血中有气，气血相依，循环不息。"气是血液生成和运行的动力，血是气的化生基础和载体，气与血的关系可概括为"气为血之帅，血为气之母"。

1. 气为血之帅　指气对于血的统帅作用，主要体现在气能生血、气能行血、气能摄血。

（1）气能生血：指气能参与并促进血的生成，主要体现在两个方面：一是气直接参与血的生成，主要指营气。营气与津液入脉化血，为血的主要组成部分。清代周学海《读医随笔·气能生血血能藏气》说："夫生血之气，荣气也。荣盛即血盛，荣衰即血衰，相依为命，不可离者也。"二是气的推动及气化作用是血

1

生成的动力。饮食物转化为水谷精微，水谷精微化生为营气和津液，营气和津液化赤为血，以及精化为血的过程都离不开气化作用，而这些气化作用，都依赖脾、胃、肺、肾、心等脏腑之气的参与。气旺则血充，气虚则血虚。故在临床治疗血虚时，常配用补气药，以求益气生血。

（2）气能行血：指气的推动作用是血运行的动力。气既能直接推动血行，如宗气能贯心脉以行气血，又可以通过脏腑之气推动血的运行，如心气的推动、肺气的宣降、肝气的疏泄等，均可促进血的运行。气若充盛，气机调畅，气行则血行；气虚则推动无力；气滞则气机不利，导致血行迟缓，或形成瘀血；气逆则血行随气的升降出入异常而逆乱，从而出现血随气逆病证。因此，临床治疗血行失常的病证，注重调气，常用补气、行气、降气和提气的药物。

（3）气能摄血：指气的固摄功能使血循行于脉管之中而不溢出脉外。统领固摄血液之气，主要为脾气，称为"脾统血"。脾气充足，统摄血液在脉中正常运行。若脾气虚弱，失去统摄，则血不循常道而溢于脉外，常导致各种出血病变，临床上称为"气不摄血"，治疗时，常需补气以摄血。

2. 血为气之母 主要包括血能载气与血能养气。

（1）血能载气：指气依附于血而运行，以防止其散而不收。清代唐宗海《血证论·脉证死生论》言："载气者，血也。"血具有运载水谷之精气、自然界之清气的作用。由于气的活力很强，易于弥散，所以必须依附于血和津液存于体内。若血不载气，则气散而无所归附，临床上大出血的患者，往往气亦随之脱失，形成气随血脱的病证。

（2）血能养气：指血对气有濡养作用，使气保持充盛。气存血中，血液不断地为气的生成和功能活动提供营养，保持气的充足与调和，使脏腑、经络等组织器官功能协调。血足则气盛，血虚亦能导致气虚。

（二）气与津液的关系

气属阳，津液属阴，两者同源于脾胃化生的水谷之精。津液的生成与输布，有赖于气的升降出入运动，以及气的气化、温煦、推动和固摄作用；而气在体内的存在及运动变化，不仅依附于血，还离不开津液的滋润和运载。所以，气与津液的关系和气与血的关系较为相似。

1. 气对津液的作用

（1）气能生津：指气为津液生成的动力，津液的生成有赖于气的推动与气化作用。饮食水谷经过脾胃的运化、小肠的分清别浊、大肠主津等作用，其精微中的液体被吸收，经过气化作用，化为津液。脾胃等脏腑之气充足，水谷化生的津液就充盛；若脾胃等脏腑之气虚衰，气化功能减退，则导致津液不足的病证。

（2）气能行津：指气的推动作用是津液在人体内输布的动力。脾气的散精与转输，肺气的宣降，肾气的蒸腾气化，可促进津液在体内的输布，津液代谢所产生的废液，则在气化作用下，转化为汗液、尿液等排出体外。清代唐宗海《血证论·阴阳水火气血论》曰："气行水亦行。"若脏腑之气不足或气机不畅，气化受阻，使津液的输布和排泄出现障碍，可形成痰、饮、水、湿等病理产物，称为"气不行水"。临床上，利水湿、化痰饮时多加入补气、行气之品。

（3）气能摄津：指气具有固摄津液，防止体内津液无故流失的作用。卫气司汗孔开合，固摄肌腠，使津液勿过多外泄；肾气固摄下窍，使膀胱正常贮尿等，都是气对津液发挥固摄作用的体现。若气虚，固摄力减弱，则易出现多汗、多尿、口角流涎等症，临床上多采用补气固摄的治法。

2. 津液对气的作用

（1）津能载气：指津液是气运行的载体之一，气依附于津液而流布全身。脉内之津液化生为血液，能运载营气；脉外之津液流行贯注，能运载卫气。当汗、吐、下等致津液大量丢失时，气亦随之外脱，称为"气随津脱"。清代尤在泾《金匮要略心典·痰饮》中云"吐下之余，定无完气"，其提示临床运用汗、吐、下三法，应做到中病即止。

（2）津能养气：指津液能为气的生成提供营养。由饮食水谷化生的津液，通过脾的升清和散精，上输于肺，再经肺之宣降，通调水道，下输于肾和膀胱。津液在输布过程中受到脏腑之气的蒸腾气化，可以化生为气，气敷布于脏腑、组织、形体和官窍，促进正常的生理活动。因此，津液亏耗不足，也会引起气的衰少。

（三）血与津液的关系

血和津液同为液态物质，都具有滋润和濡养作用，与气相对而言，属性均为阴，血和津液之间可以相互滋生和相互转化，血与津液的关系主要体现为"津血同源"和"津血互生"。

津血同源，是指血和津液都是由脾胃运化的水谷精微生成。津血互生，指在血和津液的生成与运行过程中，血中的津液渗出脉外，成为脉外的汗液，以濡润脏腑组织和官窍，也可弥补脉外津液的不足，发挥滋润和营养作用；脉外的津液，在滋养组织器官的同时，通过孙络渗入脉内，与营气结合，不断地化生和补充血液，成为血的组成部分，有利于血的运行和濡养功能的发挥。若血液亏耗，或失血时，脉中血少，需要脉外津液渗注脉中，因而产生津液不足的表现，如口渴、尿少、皮肤干燥等；当津液亏损，脉外津液不足，脉内的津液可渗出脉外，形成血脉空虚，津枯血燥的病变。

因汗为津液所化，故又有"血汗同源"之说。《灵枢·营卫生会》说"故夺血者无汗"，提示临床上对失血患者应慎用发汗之法；其又曰"夺汗者无血"，提示对于多汗或津液大量丢失的患者，可用放血或破血疗法。故《伤寒论》又有"衄家不可发汗"和"亡血家不可发汗"之诫。

此外，精也是构成人体和维持人体生命活动的基本物质，精与气、血、津液及脏腑经络、形体官窍之间，存在相互依赖、相互影响的密切关系，在人体生命活动中占有极其重要的位置。神是人体生命活动的主宰及其外在总体表现的统称，对人体生命活动具有重要的调节作用。精气血津液是化神养神的基本物质，神具有统领、调控这些物质在体内进行正常代谢的作用。

综上所述，气血津液学说是从整体研究人体生命活动的基本物质的生成、运动变化规律、生理功能及其相互关系的理论。气、血、津液的代谢依靠脏腑、经络的功能活动得以实现，同时它们又是脏腑、经络功能活动的物质基础，因此，气血津液异常，可导致脏腑功能活动失常。

二、阴阳学说

1. 阴阳的含义 阴阳学说是研究阴阳的内涵，并用以解释事物发生、发展、变化规律的一种古代哲学理论。而阴、阳，是对各类事物中对立双方属性的概括。

阴阳的本义为阳光的向背、光线的明暗，正如《说文解字》对其字源的解释，"阴，暗也。水之南，山之北也""阳，高、明也"。随后，古人将阴阳的概念不断抽象化，并以类比的方式运用到各类事物中，来体现它们之间的联系，如认为明亮的、温暖的、运动的、上升的、扩张的、亢奋的事物具有阳的属性，而阴暗的、寒冷的、静止的、下沉的、收敛的、抑制的事物具有阴的属性；再如，天为阳、地为阴，日为阳、月为阴，昼为阳、夜为阴，火为阳、水为阴。但是，阴阳的划分不是绝对的，例如，一日之中的下午，与夜晚相比，其为阳，而与太阳渐升的上午相比，则为阴；例如，水虽为阴，但湍流之水、温热之水，与静缓之水、寒冷之水相比，前者为阳，后者为阴。

2. 阴阳学说的内容 阴阳的概念早在西周时期便已形成，相对较为简单，如《周易》中以"--"和"—"两种符号表示阴阳；如春秋战国时期，《周易·系辞上》中记载"一阴一阳之谓道"，后世论述中又对阴阳学说不断进行解释、扩充。其主要内容可总结为以下几个方面。

（1）阴阳对立制约：阴阳性质相反，处于一个统一体的两极，相互之间必然存在抗衡和制约，例如，水可灭火，火炽亦可致水涸。又如，按照阴阳学说，四季节气变换也是阴阳相互制约导致的，立春之后，气温渐升，泥土河水逐渐解冻，植物逐渐萌发，是自然界中阳胜阴之故，而立秋之后，天气渐凉，植物逐渐枯萎凋零，是自然界中阴胜阳之故。

（2）阴阳互根互用：阴阳之间虽然存在抗衡和制约，但两者在同一统一体中是互为根据、相互依存的，任何一方都不能脱离对方单独存在，否则该统一体便无法存在。如《春秋繁露·顺命》中所述"独阴不生，独阳不生"；又如《老子》中所述"天下皆知美之为美，斯恶已；皆知善之为善，斯不善已。故有无相生，难易相成，长短相形，高下相倾，音声相和，前后相随，恒也"。

（3）阴阳交通互藏：阴阳双方的对立制约和互根互用不是静止的，而是处在不断的运动之中，在不断地发生相互作用，即阴阳的交通。阴阳交通是自然万物生成、衍化，由简单到复杂的推动力。阴阳学说对于阴阳划分的认识不是机械的、绝对的，对于复杂事物而言，无法简单地用"非阴即阳"来认识，而是阴阳之中还包含有阴阳，即阴阳互藏。阴阳的交感互藏体现了阴阳学说的灵活性，古人以此解释诸多事物现象，如《素问·阴阳应象大论》中"地气上为云，天气下为雨。雨出地气，云出天气"。地本为阴，然地气之所以能上升，是因为阴中有阳；天本为阳，然天气之所以能下降，是因为阳中有阴；云雨的形成正是天地（阴阳）之气交通互藏而造成的。

（4）阴阳消长平衡：消，指减少、衰退；长，为增多之意。阴阳消长平衡，指阴阳双方在量上处于衰减或增强的不断变化之中，维持着相对的平衡状态。此平衡状态在一定范围是稳定的，如果阴阳消长超出了稳定范围，则此阴阳体系就会呈现失衡状态，在自然界中可表现为气候失常等，在人体中则表现为疾病。

阴阳的对立制约和互根互用是导致阴阳消长的原因。阴阳的对立制约使得一方强盛而另一方受到压制，即此消彼长。如四季更替，由春至夏，气温渐升，是阳长阴消之故；由夏至秋，天气渐凉，是阳消阴长之故。阴阳的互根互用使得一方减弱或增强后，另一方也随之减弱或增强，即皆消皆长。如人或其他动物在由幼年成长至壮年期间，肌肉形体（阴）日渐丰满健壮，精神气力（阳）也日渐旺盛，是为阳随阴长；由壮年至老年期间，肌肉形体日渐松弛萎缩，精神气力也日渐衰弱，是为阳随阴消。在不同体系中，阴阳消长形式的侧重也不同，有些以此消彼长为主，有些则主要表现为皆消皆长。

（5）阴阳相互转化：阴阳消长是量变过程，而阴阳相互转化则是量变基础上的质变，即阴或阳向各自对立的属性转变。阴阳相互转化在中医诊断、治疗中有重要意义，可表现为疾病的量变和质变两种形式。如患者久病不愈，病证可由实证逐渐转化为虚证。或者患者邪气炽盛，可由热证突然转变为寒证，或由寒证突然转变为热证，正如《素问·阴阳应象大论》所述"重阴必阳，重阳必阴""寒极生热，热极生寒"。

三、五行学说

五行的"五"，是木、火、土、金、水五种物质；"行"，是行动、运动，即运动变化、运行不息之义。五行，是指木、火、土、金、水五种物质的运动变化，代表五种功能属性。

五行学说是中国古代的一种朴素的唯物主义哲学思想，认为宇宙间的一切事物，都是由木、火、土、金、水五种元素组成，宇宙万物的发展变化，都是五种物质不断运动和相互作用的结果。这五种物质之间，存在着既相互滋生又相互制约的关系，在相生相克运动中维持着动态的平衡，这就是五行学说的基本内涵。

1. 对脏腑组织器官属性的五行分类

（1）五行的特性：五行及其特性是古人在长期生活和生产实践过程中，对木、火、土、金、水五种物质的抽象认识，并逐渐总结出来的。如水代表滋润向下，火代表火热、炎上，金代表收敛、肃杀，木代表生发、条达，土代表载物、生长。中国古代哲学家用五行学说来说明世界万物的形成及其相互关系。它强调整体，旨在描述事物的运动形式以及转化关系。

（2）脏腑属性的五行分类：根据五行特性与自然界的各种事物或现象相类比，将人体与自然界对应关系分成五大类。中医理论认为，人体脏腑有五脏六腑之分，五脏为肝、心、脾、肺、肾，可分属于五行，对应木、火、土、金、水。按照五行关系，可形成相生相克等生理关系和相乘相侮等病理关系。依照五行和五脏的对应，形成了培土生金、泻南补北、滋水涵木等多种治法。

2. 利用五行的调节机制说明人体的生理病理变化

（1）五行的生克制化规律是五行正常情况下的自动调节机制：①相生规律：相生即相互滋生、助长、促进之义。五行之间互相滋生和促进的关系称作五行相生。五行相生的次序是木生火，火生土，土生金，金生水，水生木。②相克规律：相克即相互制约、克制、抑制之义。五行之间相互制约的关系称为五行相克。五行相克的次序是木克土，土克水，水克火，火克金，金克木。③制化规律：五行中的制度化关系是维持五行生克之间相互制约的重要环节。无论自然界还是人体，没有生，就没有事物的发生和成长；没有克，就不能维持事物的变化与发展。因此，必须生中有克（化中有制），克中有生（制中有化），相反相成，才能维持和促进事物相对平衡协调和发展变化。其规律是木克土，土生金，金克木；火克金，金生水，水克火；土克水，水生木，木克土；金克木，木生火，火克金；水克火，火生土，土克水。④说明脏腑的生理功能及其相互关系：中医学说在五行合五脏的基础上，又将人体的组织结构分属于五行，以五脏（肝、心、脾、肺、肾）为中心，以六腑（胃、小肠、大肠、膀胱、胆、三焦）为配合，支配于五体（筋、脉、肉、皮毛、骨），开窍于五官（目、舌、口、鼻、耳），外荣于体表组织（爪、面、唇、毛、发）等，形成了以五脏为中心的结构系统，从而奠定了藏象学说理论基础，帮助我们理解脏腑的生理功能，了解脏腑之间相互滋生、相互制约的关系，认识到人体脏腑与内外环境也是相互统一的。

五行学说在中医学领域中不仅具有理论意义，而且还能指导临床诊断、治疗和养生康复，能帮助我们预判疾病的发生发展甚至预后情况，具有实际应用价值。

（2）说明五脏病变的传变规律：①发病：五脏疾病的发生，受自然气候变化的影响。如春季，肝先受邪；夏季，心先受邪；长夏，脾先受邪；秋季，肺先受邪；冬季，肾先受邪。这种发病规律虽然不能完全符合临床实践，但它说明了节气的变化会影响五脏的功能，甚至疾病的发生。②传变：本脏之病可以传至他脏，他脏之病也可以传至本脏，这种相互影响称之为传变。如木旺乘土，即肝木克伐脾胃，先有肝的病变，后有脾胃的病变。由于肝气横逆，疏泄太过，影响脾胃，导致消化机能紊乱。肝气横逆，则眩晕头痛、烦躁易怒、胸闷胁痛；肝气累及脾，则表现为脘腹胀痛、厌食、大便溏泄等；肝气伤及胃，则表现为纳呆、嗳气、吞酸、呕吐等，均为五脏之间的相互传变。

3. 用于指导疾病的诊断　人体是一个有机整体，当内脏有病变时，人体内脏活动及其异常变化可以反映到体表相应的组织器官，出现色泽、声音、形态、脉象等诸方面的异常变化。因此，可以综合望、闻、问、切四诊合参，根据五行和其变化规律来诊断疾病，并且推断病情的转归和预后。

如面见青色，喜食酸味，脉见弦象，可以诊断为肝脏病变；面见赤色，口味干苦，脉象洪大，可以诊断为心火亢盛；脾虚却面见青色者，是木侮乘土，可以诊断为脾虚兼有肝旺；心脏患者，面见黑色，为水盛克火，可以诊断心病兼有肾病。肝病患者，面青，脉弦，乃色脉相符，如果不是弦脉反而是浮脉，属于克色之脉（金克木）；如果是沉脉则属相生之脉，即生色之脉（水生木），说明病情向愈。

4. 用于指导疾病的防治　五行学说在治疗上的应用，除体现于药物、针灸、精神等疗法外，在芳香疗法应用上，主要表现在以下几个方面。

（1）判断疾病传变趋势：运用五行生克乘侮规律，可以判断五脏疾病的发展趋势。如一脏病变，可以波及其他四脏，如肝脏有病变可以影响心、肺、脾、肾等脏。其他脏器有病变也可以传给本脏，如心、肺、脾、肾之病变，也可以影响肝脏。因此，在治疗时，除对本脏进行处理外，还应考虑到其他有关脏腑的传变关系。如肝气太过，必克于土，此时应先健脾胃以防其传变。脾胃不伤，则病变不传，易于痊愈。五脏虚则传，实则不传，因此，可以借助五行的规律及早控制传变和指导治疗，防患于未然。

（2）确定疾病治则治法

1）根据相生规律确定治疗原则：即"虚则补其母，实则泻其子"。

"虚则补其母"：用于母子关系的虚证。如肺气虚弱发展到一定程度，可影响脾的运化而导致脾虚。脾土为母，肺金为子，脾土生肺金，所以可用补脾气以益肺气的方法治疗，所以肺气虚弱，动则气喘气促，抵抗力低下易感冒之人除了使用山萸肉、五味子、太子参等补益肺气之外，还需黄芪、山药等补脾以益肺。补母则能令子实，这些虚证，利用母子关系治疗，就是所谓的"虚则补其母"。

"实则泻其子"：用于母子关系的实证。如肝火炽盛，有升无降，出现肝实证时，肝木是母，心火是子，这种肝之实火的治疗，可采用泻心法，泻心火有助于泻肝火。如带状疱疹，应用大青叶、金银花等清肝泻火抗病毒治疗，也可适量加入黄连、黄芩等清心泻火而取效，这就是"实则泻其子"。

2）根据相克规律确定治疗原则：克者属强，表现为功能亢进，被克者属弱，表现为功能衰退。因而，在治疗上可同时采取抑强扶弱的手段，侧重于制其强盛，使弱者易于恢复。

如肝气横逆，犯胃克脾，出现肝脾不调、肝胃不和之证，称为木旺克土，用养肝益肾复方、青皮、橘核等疏肝平肝为主。如脾胃壅滞，影响肝气条达，当以消化复方及橘核等运脾和胃。抑制其强者，则被克者的功能自然易于恢复。

如肝气疏泄不及，影响脾胃健运，称为木不疏土。治宜和肝为主，兼顾健脾，加用养肝益肾复方与柑橘类精油、消化复方合用，以加强双方的功能，这是扶弱。尚未发生相克现象，也可以利用这一规律来防止病情的发展。

（3）指导脏腑用药规律：中药以色味为基础，以归经和性能为依据，按五行学说加以归类，芳香精油也可参照此思路归类。青色、酸味入肝，如青皮、白芍等；赤色、苦味入心，如没药、乳香等；黄色、甘味入脾，如丁香、黄芪等；白色、辛味入肺，如薄荷、麦冬等；黑色、咸味入肾，如地黄、杜仲等。这种归类是脏腑选择用药规律的参考依据。

由此可见，临床上依据五行生克规律进行治疗，有一定的实用价值。但是，并非所有的疾病都可用五行生克这一规律来治疗，不要机械地生搬硬套，要根据具体病情进行辨证施治。

四、整体观念

1. **整体观念的基本概念**　客观世界从自然界到人类社会，任何事物都是由各种要素以一定方式构成的统一整体。整体是由其组成部分以一定的联系方式构成的。一般说来，各组成部分（元素）之间相对稳定的本质的联系称之为结构关系。具有一定结构关系的整体谓之系统。

整体性就是统一性、完整性和联系性。整体性表现为整体联系的统一性，即整体与部分、部分与部分、系统与环境联系的统一性。人类对整体性的认识，经历了漫长的历史。中国古代朴素的整体观念，是同对世界本源的认识联系在一起的。

中国古代哲学——气一元论、阴阳五行学说，把自然界看成是由某些要素相辅相成组成的有机整体，在一定程度上揭示了客观事物的整体性及辩证的层次关系。中国古代朴素的整体观念是建立在气一元论和阴阳五行学说基础之上的思维形态或方式。整体思维是中国古代所具有的独特的思维形态，它强调整体、和谐和协调。但中国古代的整体观念带有自发性、直观性和思辨性，与辩证唯物主义的整体观，即科学的系统的整体观念不能相提并论。整体观念是关于事物和现象的完整性、统一性和联系性的认识。

中国古代哲学以气一元论哲学体系为基础，以天地人三才为立论基点，强调天人合一、万物一体，人——自然——社会是一个有机整体，整个世界处于一种高度和谐和协调之中，即所谓"天人合一"观。中医学以阴阳五行学说来阐明人体脏腑组织之间的协调完整性，以及机体与外界环境的统一关系，从而形成了独具特点的中医学的整体观念。中医学的整体观念是关于人体自身以及人与环境之间的统一性、完整性和联系性的认识，是古代唯物论和自发辩证法思想在中医学的体现，是中医学的基本特点之一，它贯穿于中医生理、病理、诊法、辨证、治疗等整个理论体系之中，具有重要的指导意义。

2. **整体观念的内容**　中医学把人体内脏和体表各部组织、器官看成一个有机的整体，同时认为四时气候、地方水土、周围环境等因素对人体生理病理有不同程度的影响，既强调人体内部的统一性，又重视机体与外界环境的统一性，这就是中医学整体观念的主要内容。

（1）人是一个有机整体

其一，就形体结构而言，人体是由若干脏腑器官构成的。这些脏腑器官在结构上是不可分割、相互关联的。每一脏腑都是人体有机整体中的一个组成部分，都不能脱离开整体而独立存在，属于整体的部分。

其二，就生命物质而言，气、血、津、液是组成人体并维持人体生命活动的基本物质。分言之，则为气、为血、为津、为液，实则均由一气所化。它们在气化过程中，相互转化，分布、运行于全身各脏腑器官，这种物质的同一性，保证了各脏腑器官机能活动的统一性。

其三，就机能活动而言，形体结构和生命物质的统一性，决定了机能活动的统一性，使各种不同的机能活动互根互用，协调和谐，密切联系。所谓"和实生物，同则不继"。人体各个脏器、组织或器官，都有各自不同的生理功能，这些不同的生理功能又都是整体机能活动的组成部分，从而决定了机体的整体统一性。人体各个组成部分之间，在结构上是不可分割的，在生理上是相互联系、相互制约的，在病理上是相互影响的。机体整体统一性的形成，是以五脏为中心，配合六腑，通过经络系统"内联脏腑，外络肢节"作用实现的。五脏是构成整个人体的五个系统，人体所有组织器官都包括在这五个系统之中。人体以五脏为中心，通过经络系统，把六腑、五体、五官、九窍、四肢百骸等全身组织器官有机地联系起来，构成一个表里相关、上下沟通、密切联系、协调共济、井然有序的统一整体，并且通过精、气、神的作用来完成机体统一的机能活动。这种五脏一体观充分地反映出人体内部各组织器官不是孤立的，而是相互关联的有机的统一整体。

（2）人与外界环境的统一性：中医学的整体观念强调人体内外环境的整体和谐、协调和统一，认为人体是一个有机整体，既强调人体内部环境的统一性，又注重人与外界环境的统一性。

所谓外界环境是指人类赖以存在的自然和社会环境。现代系统论认为，生命系统包括细胞、器官、生物体、群体、组织、社区、社会以及超国家系统8个层次，在环境中，根据不断变化的物质流、能量流和信息流，调节无数的变量而维持生存。天人关系是中国古代哲学的基本问题。在中国古代哲学中，天的含义大体有三：一是指自然之天，二是指主宰之天，三是指义理之天。人的含义大体有二：一是指现实中认知的主体或实践主体，二是指价值意义上的理想人格。天人关系实质上包括了人与自然、人与社会的关系。中国古代哲学气一元论认为，天人一气，整个宇宙都统一于气。天和人有着物质的统一性，有着共同的规律。中医学根据朴素的唯物主义"天人一气"的"天人合一"说，用医学、天文学、气象学等自然科学材料，论证并丰富了天人合一说，提出了"人与天地相参"（《素问·咳论》）的天人一体观，强调"善言天者，必有验于人"（《素问·举痛论》），把人的需要和对人的研究放在天人关系理论的中心地位。

（3）人与自然环境的统一性：人与自然有着统一的本原和属性，人产生于自然，人的生命活动规律必然受自然界的规定和影响。人与自然的物质统一性决定生命和自然运动规律的统一性。

人类生活在自然界之中，自然界存在着人类赖以生存的必要条件。自然界的运动变化又可以直接或间接地影响着人体，机体则相应地发生生理和病理上的变化。这种"天人一体观"认为天有三阴、三阳、六气和五行的变化，人体也有三阴、三阳、六经六气和五脏之气的运动。自然界阴阳五行的运动变化，与人体五脏六腑之气的运动是相互收受通应的。所以，人体与自然界息息相通，密切相关。人类不仅能主动地适应自然，而且能主动地改造自然，从而保持健康，这就是人体内部与自然环境的统一性。

人禀天地之气而生存。中医学认为世界本原于气，是阴阳二气相互作用的结果。天地是生命起源的基地，天地阴阳二气的对立统一运动为生命的产生提供了最适宜的环境。故《素问·宝命全形论》说"人生于地，悬命于天，天地合气，命之曰人""天覆地载，万物悉备，莫贵于人"。生命是自然发展到一定阶段的必然产物。人和天地万物一样，都是天地形气阴阳相感的产物，是物质自然界规律变化的结果。人类产生于自然界，自然界为人类的生存提供了必要条件，故《素问·六节藏象论》曰"天食人以五气，地食人以五味"。新陈代谢是生命的基本特征，生命既是自动体系，又是开放体系，它必须和外界环境不断地进行物质、能量和信息交换。人体是一个复杂的系统，气是构成人体的基本物质，也是维持生命活动的物质基础。它经常处于不断自我更新和自我复制的新陈代谢过程中，从而形成了气化为形、形化为气的形气转化的气化运动。没有气化运动就没有生命活动。升降出入是气化运动的基本形式，《素问·六微旨大论》曰"故非出入，则无以生长壮老已；非升降，则无以生长化收藏""出入废则神机化灭，升降息则气立孤危"。

总之，人类是自然界的产物，又在自然界中生存。人与自然相统一又有着共同规律，均受阴阳五行运动规律的制约，而且在许多具体的运动规律上又有相互通应的关系。人的生理活动随着自然界的运动和自然条件的变化而发生相应的变化。倘若违背了自然规律，将导致不良后果，《素问·天元纪大论》所谓"至数之机，迫迮以微，其来可见，其往可追，敬之者昌，慢之者亡"，即是这个道理。自然界中，四时气候、地方水土等方面均给予人的生命活动与疾病以深刻的影响。

1）季节气候与人体：《素问·宝命全形论》说"人能应四时者，天地为之父母；知万物者，谓之天子"。一年四时气候呈现出春温、夏热、秋燥、冬寒的节律性变化，因而人体也就相应地发生了适应性的变化，《四言举要》言"春弦夏洪，秋毛冬石，四季和缓，是谓平脉"。天气炎热，则气血运行加速，腠理开疏，汗大泄；天气寒冷，则气血运行迟缓，腠理固密，汗不出。这充分地说明了四时气候变化对人体生理功能的影响。人类适应自然环境的能力是有一定限度的。如果气候剧变，超过了人体调节机能的一定限度，或者机体的调节机能失常，不能对自然变化做出适应性调节时，人体就会发生疾病。有些季节性的多发病或时令性的流行病有着明显的季节倾向，正如《素问·金匮真言论》说"春善病鼽衄，仲夏善病胸胁，长夏善病洞泄寒中，秋善病风疟，冬善病痹厥"。此外，某些慢性宿疾，如痹证、哮喘等，往往在气候剧变或季节更换时发作或加剧。

2）昼夜晨昏与人体：天地不但有"年节律""月节律"，而且还有"日节律"的五运六气节律性的周期变化。人体气血阴阳运动不仅随着季节气候的变化而变化，而且也随着昼夜的变化而发生节律性的变化。如人体的阳气，随着昼夜阳气的朝始生、午最盛、夕始弱、夜半衰的波动而出现规律性的波动。故《素问·生气通天论》言"阳气者，一日而主外，平旦人气生，日中而阳气隆，日西而阳气已虚，气门乃闭"。在病理上，一般而言，大多白天病情较轻，傍晚加重，夜间最重，呈现出周期性的起伏变化。故《灵枢·顺气一日分为四时》说："夫百病者，多以旦慧、昼安、夕加、夜甚何也？岐伯曰：四时之气使然。"

3）地区方域与人体：地理环境是自然环境中的重要因素。地理环境包括地质水土、地域性气候和人文地理、风俗习惯等。地理环境的差异，在一定程度上，影响人们的生理机能和心理活动。中医学非常重视地区方域对人体的影响。生长有南北，地势有高低，体质有阴阳，奉养有膏粱藜藿之殊，更加天时有寒暖之别，故《素问·五常政大论》谓"一州之气，生化寿夭不同"。受病亦有深浅之异，一般而言，东南土地卑弱，气候多湿热，人体腠理多疏松，体格多瘦削；西北地处高原，气候多燥寒，人体腠理多致密，体格多壮实。人们长期生存在特定地理环境之中，逐渐形成了机能方面的适应性变化。一旦易地而居，环境突然改变，个体生理机能难以迅即发生相应的适应性变化，故初期会感到不太适应，有的甚至会因此而发病。所谓"水土不服"，指的就是这种情况。总之，地理环境不同，形成了生理上、体质上的不同特点，因而不同地区的发病情况也不尽一致。

（4）人与社会的统一性：人的本质，在现实上是一切社会关系的总和。人既有自然属性，又有社会属性。社会是生命系统的一个组成部分。人体从婴儿到成人的成长过程就是由生物人变为社会人的过程。人生活在社会环境之中，社会生态变迁与人的身心健康和疾病的发生有着密切关系。社会角色、地位的不同以及社会环境的变动不仅影响人们的身心机能而且疾病谱的构成也不尽相同。《医宗必读·富贵贫贱治病有别论》说："大抵富贵之人多劳心，贫贱之人多劳力；富贵者膏粱自奉贫贱者藜藿苟充；富贵者曲房广厦，贫贱者陋巷茅茨；劳心则中虚而筋柔骨脆，劳力则中实而骨劲筋强；膏粱自奉者脏腑恒娇，藜藿苟充者脏腑恒固；曲房广厦者玄府疏而六淫易客茅茨陋巷者腠理密而外邪难干。故富贵之疾，宜于补正，贫贱之疾，易于攻邪。"太平之世多长寿，大灾之后，必有大疫，这是朴素的社会医学思想。随着科学的发展，社会的进步，社会环境的变迁，对人的身心机能的影响也在发生变化。现代社会的"多科技综合征""抑郁症""慢性疲劳综合征"等的发生与社会因素有着密切关系。总之，中医学从天人合一的整体观念出发，强调研究医学应上知天文，下知地理，中知人事，治病宜不失人情，正如《医学源流论》所言"不知天地人者，不可以为医"。

（5）人对环境的适应能力：中医学的天人合一观强调人与自然的和谐一致，人和自然有着共同的规律，人的生长壮老已受自然规律的制约，人的生理病理也随着自然的变化而产生相应的变化。人应通过养生等手段，积极主动地适应自然。此外，还要加强人性修养，培养"中和"之道，建立理想人格，与社会环境相统一。但是，人的适应能力是有限的，一旦外界环境变化过于剧烈，或个体适应调节能力较弱，不能对社会或自然环境的变化做出相应的调整，则人就会进入非健康状态，乃至发生病理变化而患病。

3. 整体观念的意义　中医学的整体观念，对于观察和探索人体及人体与外界环境的关系和临床诊治疾病，具有重要指导意义。

（1）整体观念与生理：中医学在整体观念指导下，认为人体正常生命活动一方面要靠各脏腑发挥自己的功能，另一方面要靠脏腑间相辅相成的协同作用才能维持。每个脏腑各自协同的功能，又是整体活动下的分工合作，这是局部与整体的统一。这种整体作用只有在心的统一指挥下才能生生不息。经络系统则起着联系作用，它把五脏、六腑、肢体、官窍等联系成为一个有机的整体。精气神学说则反映了机能与形体的整体性。中医学还通过"阴平阳秘"和"亢则害，承乃制，制则生化"的理论来说明人体阴阳维持相对的动态平衡。五行相制是正常生理活动的基本条件，五行生克制化理论则揭示了脏腑之间的相反相成、制约互用的整体关系。这种动态平衡观、恒动观、制约观，与现代系统论有许多相通之处，对发展生理学有重要的意义。

（2）整体观念与病理：中医学不仅从整体来探索生命活动的规律，而且在分析疾病的病理机制时，也首先着眼于整体，着眼于局部病变所引起的病理反应，把局部病理变化与整体病理反应统一起来。既重视局部病变和与之直接相关的脏腑，更强调病变与其他脏腑之间有关系，并根据生克制化理论来揭示脏腑间的疾病传变规律。用阴阳学说来综合分析和概括整体机能失调所表现出来的病理反应。阳胜则阴病，阴胜则阳病；阳胜则热，阴胜则寒；阳虚则寒，阴虚则热。阴阳失调是中医学对病理的高度概括。

（3）整体观念与诊断：在诊断学上，中医学强调诊断疾病必须结合致病的内外因素加以全面考察。对任何疾病所产生的症状，都不能孤立地看待，应该联系到四时气候、地方水土、生活习惯、性情好恶、体质、年龄、职业等，运用四诊的方法，全面了解病情，加以分析研究，把疾病的病因、病位、性质及致病因素与机体相互作用的反应状态概括起来，然后才能做出正确的诊断。《素问·疏五过论》曰："圣人之治病也，必知天地阴阳，四时经纪，五脏六腑，雌雄表里，刺灸砭石，毒药所主，从容人事，以明经道，贵贱贫富，各异品理，问年少长，勇怯之理，审于分部，知病本始，八正九候，诊必副矣。"人体的局部与整体是辨证的统一，人体的任一相对独立部分，都蕴藏着整个机体的生命信息。所以人体某一局部的病理变化，往往蕴含着全身脏腑气血阴阳盛衰的整体信息。如舌通过经络直接或间接与五脏相通。可见舌就相当于内脏的缩影。"四诊合参""审察内外"就是整体观念在诊断学上的具体体现。

（4）整体观念与防治：中医防治学强调人与外在环境的统一以及人体的整体性。预防和治疗疾病必须遵循人体内外环境相统一的客观规律。人的机体必须适应气候季节的变化，和昼夜阴阳变化相适应，"春夏养阳，秋冬养阴"，方能保持健康，预防疾病。《素问·疏五过论》说"必知天地阴阳，四时经纪"，《素问·五常政大论》言"必先岁气，勿伐天和"，否则"故治不法天之纪，不用地之理，则灾害至矣"（《素问·阴阳应象大论》）。《医门法律》有云："凡治病不明岁气盛衰，人气虚实，而释邪攻正，实实虚虚，医之罪也；凡治病而逆四时，生长化收藏之气，所谓违天者不祥，医之罪也。"所以，治疗疾病必须以天人一体观为指导思想，采取适宜的治疗方法，才能取得预期的疗效。

人体是一个有机整体，局部和整体之间保持着相互制约、相互协调的关系。因此，治疗疾病必须着眼于全局，注意对整体的调节，避免"头痛医头，脚痛医脚"。《素问·阴阳应象大论》说"从阴引阳，从阳引阴，以右治左，以左治右"，《灵枢·终始》亦云"病在上者下取之，病在下者上取之"，都是在整体观念指导下而确定的治疗原则。

总之，中医治疗学强调治病要因时、因地、因人制宜，要从整体出发，全面了解和分析病情，不但要注重病变的局部情况、病变所在脏腑的病理变化，而且更要注重病变脏腑与其他脏腑的关系，把握整体阴阳气血失调的情况，并从协调整体阴阳、气血、脏腑平衡关系出发，扶正祛邪，消除病邪对全身的影响，切断病邪在机体脏腑之间所造成的连锁病理反应，通过整体作用于局部，从而达到消除病邪、治愈疾病的目的。辨证论治实质上就是整体治疗观的体现。

人既有自然属性，又有社会属性。天地人三才一体，人生活在天地之间、时空之内，人的生命活动必然受到自然环境和社会环境的影响。因此，置人于自然、社会环境的变化之中，以分析其机能状态，结合环境变化的各种因素进行诊断、治疗、预防、康复等一系列医学实践活动，是中医学的基本原则。所以，要求医师做到上知天文，下知地理，中知人事。

中医学基于中国古代哲学"天人合一观"的"人与天地相参"的整体观念具有重要的现实意义。首先，中医学的整体观念强调人与自然的和谐统一，对于纠正那种把人与自然对立起来，片面强调人是自然的主人，一味"征服自然"，向自然索取，破坏生态平衡的错误观点，有重大教育意义，并对建立现代环境科学有启迪作用。其次，中医学的整体观念强调天地人三才一体，把认识世界同认识人的自身统一起来，是对主体与客体辩证统一关系的朴素认识，对建立、发展现代医学模式具有重要意义。再次，中医学的整体观念在强调天地人三才一体的同时，又特别注重"天覆地载，万物悉备，莫贵于人"，把人作为处理三者关系的核心，把提高人的精神境界、保持身心健康当作重要任务，对认识和解决当代"科技理性过度膨胀"，重视物质文明而忽视精神文明的社会病，也有所裨益。

五、动态平衡

1. 动态平衡的基本概念　运动是物质的存在形式及其固有属性。世界上的各种现象都是物质运动的表现形式。运动是绝对的、永恒的，静止则是相对的、暂时的和局部的。静止是物质运动的特殊形式。气具有运动的属性，气不是一成不变的，而是充满活泼生机的，因此，由气所形成的整个自然界在不停地运动、变化着。自然界一切事物的变化，都根源于天地之气的升降作用：气是构成人体和维持人体生命活动的最基本物质，所以人体也是一个具有能动作用的机体。人类的生命具有恒动的特性。恒动就是不停顿地运动、变化和发展的过程。中医学用运动的、变化的、发展的，而不是静止的、不变的、僵化的观点来分析研究生命、健康和疾病等医学问题，这种观点称之为恒动观念。

2. 动态平衡的内容　世界是运动着的世界，一切物质，包括整个自然界，都处于永恒的无休止的运动之中，动而不息是自然界的根本规律，《素问·六微旨大论》言"高下相召，升降相因"，天地上下之间相引相召，造成气的升降和相互作用，从而引起世界上各种各样的变化。无论是动植物的生育繁衍。还是无生命物体的生化聚散，世界万物的生成、发展、变更，乃至消亡，无不根源于气的运动。气的胜复作用，即阴阳之气的相互作用，是"变化之父母，生杀之本始"（《素问·阴阳应象大论》）。就是说，气本身的相互作用是推动一切事物运动变化的根本原因。世界是物质"气"的世界，物质气不停息地进行升降出入运动，物质世界因运动而存在。物质存在的基本形式为形、气两大类，物质运动的基本形式为形气相互转化。中医学用气的运动和形气转化的观点，来说明生命、健康和疾病等问题。《素问·宝命全形论》说"人以天地之气生，四时之法成"，生命是物质的，人和万物一样，都是天地自然合乎规律的产物。人体就是一个不断发生着升降出入的气化作用的机体。

动和静是物质运动的两种表现形式。气有阴阳，相互感应，就有动静。"动静者，气本之感也；阴阳者，气之名义也"（《太极辨》）。动亦舍静，静即含动。阳主动，阴主静，阳动之中自有阴静之理，阴静之中已有阳动之根。"太极动而生阳，静而生阴"，"阳为阴之偶，阴为阳之基"，"一动一静，一互为其根"（《类经附翼·医易义》）。动静相互为用，促进了生命体的发生发展，运动变化。人体生命运动始终保持着动静和谐状态，维持着动静对立统一的整体性，从而保证了人体的正常生命活动。

3. 动态平衡的意义 生命在于运动，生命体的发展变化，始终处在一个动静相对平衡的自然更新的状态中。《增演易筋洗髓·内功图说》曰："人身，阴阳也；阴阳，动静也。动静合一，气血和畅，百病水生，乃得尽其大年。"因此，阴阳动静对立统一观点贯穿于中医学各个领域之中，正确地指导人们认识生命与健康、疾病的诊断与治疗，以及预防与康复等。

（1）从健康与疾病的关系而言：《素问·调经论》说"阴阳匀平，以充其形，九候若一，命日平人"，《灵枢·终始》言"形肉血气必相称也，是谓平人"。"平人"即健康者，其气血运行有序和谐，脏腑经络功能正常，形肉气血协调。机体内部的阴阳平衡，以及机体与外部环境的阴阳平衡是为健康。健康是一个动态的概念，只有机体经常处于阴阳动态变化之中才能保持和促进健康。健康和疾病在同一机体内阴阳此消彼长的关系是两者共存的主要特点。阴阳动态平衡的破坏意味着疾病的发生。《素问·生气通天论》说"阴平阳秘，精神乃治""内外调和，邪不能害"。若阴阳乖戾，则疾病乃起。

（2）从生理而言：饮食物的消化吸收，津液的环流代谢，气血的循环贯注，物质与功能的相互转化等，无一不是在机体内部以及机体与外界环境的阴阳运动之中实现的。

（3）从病理而言：不论是六淫所伤，还是七情为害，都会使人体升降出入的气化运动发生障碍，阴阳动态平衡失调，而导致疾病。换言之，人体发生疾病后所出现的一切病理变化，诸如气血瘀滞、痰饮停滞、糟粕蓄积等，都是机体脏腑气化运动失常的结果。总之，人体的气化运动，不论是整体还是局部，只要气机升降出入运动失常，就能影响脏腑、经络、气血、阴阳等的协调平衡，引起五脏六腑、表里内外、四肢九窍等各种各样的病理变化。

（4）从疾病的防治而言：疾病的发生发展过程也是一个不断运动变化的过程，

一切病理变化都是阴阳矛盾运动失去平衡协调，出现了阴阳的偏胜偏衰的结果。治病必求其本的根本目的就在于扶正祛邪，调整阴阳的动态平衡，体现了中医学用对立统一运动的观点来指导临床治疗的特点。中医学主张，未病之先，应防患于未然；既病之后，又要防止其继续转变。这种未病先防、既病防变的思想，就是用运动的观点去处理健康和疾病的矛盾，旨在调节人体阴阳偏颇而使之处于生理活动的动态平衡。中医学养生防病治疗的基本原则，体现了动静互涵的辩证思想。

六、辩证思想

1. 辩证思想的含义　中医学不仅认为一切事物都有着共同的物质根源，而且还认为一切事物都不是一成不变的，各个事物不是孤立的，它们之间是相互联系、相互制约的，把生命健康和疾病看作是普遍联系和永恒运动变化着的。生命的生长壮老已，健康和疾病的变化是机体自身所固有的阴阳矛盾发展变化的结果。中医学用矛盾的、整体的和运动的观点看待生命、健康和疾病的发生发展变化的思想，称之为中医学辩证观念。

2. 辩证思想的内容　自然辩证法认为"辩证法是关于普遍联系的科学"。中医学认为，人与自然、社会共处于一个统一体中，人的生理病理与自然、社会有着密切联系。人体自身的结构、机能，也是形神合一的有机整体，在生理病理上也是互相联系、互相影响的。中医学强调从联系的观点去认识人与自然、社会的关系，去处理健康与疾病的关系。运动是物质的属性。中医学认为一切物质，包括整个自然界，整个人体，都是永恒运动的。其运动形式为升、降、出、入。人体生命过程就是一个动态平衡过程，在动态的相对的平衡之中，显示出人体生命过程的生、长、壮、老、已的各个阶段。上述中医学辩证法思想的三个主要观点，贯穿在中医学的生理、病理、诊断和治疗各个方面。

（1）生理学的辩证法思想：主要表现为人体以五脏为中心，体内外环境相统一的脏象学说的整体观；脏腑之间相互依存、相互制约的对立统一观；气血津液等生命活动的必需物质与脏腑生理功能、精神活动与生理活动之间的辩证统一观等。

（2）病理学的辩证法思想：主要表现为邪气伤人，非常则变，既注意内因又不排斥外因的病因学观点；"正气存内，邪不可干"，强调内因的发病学观点；五脏相通，病变互传，移皆有次，注重整体联系的病理学观点等。

（3）诊断学的辨证法思想：中医学认为疾病是机体各系统脏腑器官之间以及机体与外界环境之间，这种平衡协调生命过程的对立统一的破坏。因此，在诊断疾病时，不是把人体疾病孤立起来就病论病，而是将疾病的形成、发展、变化与人体所处的自然与社会环境联系起来，当作一个整体来考察。主张明天道地理，识社会人文，通过事物的相互关系诊察疾病，由外知内，四诊合参，透过现象认识疾病的本质；察色按脉，先别阴阳，要善于抓住疾病的主要矛盾，从四诊的初级诊断阶段进入辨证的高级诊断阶段，认识疾病的本质，从而做出正确的诊断。

（4）防治学的辨证法思想：它体现在从运动变化的观点出发，强调未病先防，既病防变；用对立统一的观点指导治疗，主张扶正祛邪，调整阴阳；根据普遍联系的观点，提出治病应"必先岁气，无伐天和"，因时因地制宜，以及注意个体差异而因人施治等。治疗上强调"异病同治"，"同病异治"，整体与局部并重，外治与内治结合，动与静统一；证变治亦变，承认疾病的阶段性和治病的灵活性，用药应贵于轻重有度，有方有法等。而辨证论治则是辨证法思想在诊断和治疗上的集中反映。

3. 辩证思想的意义 中医学的辨证观念指导人们从整体、全面、运动、联系的观点而不是局部、片面、静止、孤立的观点去认识健康与疾病。

七、辨证论治

1. 辩证论治的基本概念 辨证论治为辨证和论治的合称，是中医学的整体观念、恒动观念和辨证观念的具体体现，既是中医学认识疾病和治疗疾病的基本原则，又是诊断和防治疾病的基本方法，是中医学术特点的集中表现，也是中医学理论体系的基本特点之一。

（1）症、证、病的概念：任何疾病的发生、发展，总是通过一定的症状、体征等疾病现象而表现出来的，人们也总是透过疾病的现象去揭示疾病的本质。中医学认为：疾病的临床表现以症状、体征为基本组成要素。

症，又称症状。症状是疾病的个别表面现象，是患者主观感觉到的异常感觉或某些病态改变，如头痛、发热、咳嗽、恶心、呕吐等。能被觉察到的客观表现则称为体征，如舌苔、脉象等。广义的症状包括体征。

证，又称证候。证候是中医学的特有概念，是中医学认识和治疗疾病的核心。其临床表现是机体在致病因素作用下，机体与周围环境之间以及机体内部各系统之间相互关系紊乱的综合表现，是一组特定的具有内在联系的全面揭示疾病本质的症状和体征。其本质是对疾病处于某一阶段的各种临床表现，结合环境等因素进行分析、归纳和综合，从而对疾病的致病因素、病变部位、疾病的性质和发展趋势，以及机体的抗病反应能力等所做的病理概括。它标示着机体对病因的整体反应状态，抗病、调控的反应状态。如"脾阳虚证"，其病位在脾，病因是寒邪为害，病性为寒，病势属虚。这样，病位之脾，病因病性之寒，病势之虚，有机地组合在一起，就构成了"脾阳虚证"。证是由症状组成的，但它不是若干症状的简单相加，而是透过现象抓住了具有本质意义的辨证指标（症状），弄清其内在联系。从而揭示疾病的本质。可见，证比症状更全面、更深刻、更正确地揭示了疾病的本质，所以症与证的概念不同。

病，又称疾病。疾病是在病因的作用下，机体邪正交争，阴阳失调，出现具有一定发展规律演变过程，具体表现出若干特定的症状和各阶段的相应证候。

（2）症、证、病的关系：三者既有联系又有区别，三者均统一在人体病理变化的基础之上。但是，症只是疾病的个别表面现象，证则反映了疾病某个阶段的本质变化，它将症状与疾病联系起来，从而揭示了症与病之间的内在联系，而病则反映了病理变化的全部过程。病是由证体现出来的，反映了病理变化的全过程和发生、发展、变化的基本规律。

2. 辨证论治的含义及其关系　辨证和论治，是诊治疾病过程中相互联系不可分割的两个方面，是理论和实践相结合的体现，是理、法、方、药在临床上的具体运用，是指导中医临床工作的基本原则。

（1）所谓辨证，就是将四诊（望、闻、问、切）所收集的资料、症状和体征，通过分析、综合，辨清疾病的原因、性质、部位，以及邪正之间的关系，概括、判断为某种性质的证候。辨证的关键是"辨"，辨证的过程是对疾病的病理变化做出正确、全面判断的过程，即从感性认识上升为理性认识，分析并找出病变的主要矛盾。

（2）所谓论治，就是根据辨证的结果，确定相应的治疗原则和方法，也是研究和实施治疗的过程。总之，辨证论治是在中医学理论指导下，对四诊所获得的资料进行分析综合，概括判断出证候，并以证为据确立治疗原则和方法，付诸实施的过程。辨证是决定治疗的前提和依据，论治是治疗疾病的手段和方法。通过论治可以检验辨证正确与否。辨证论治的过程，就是认识疾病和解决疾病的过程。

3. 辨证论治的运用　辨证论治的过程，就是中医临床思维的过程。

（1）常用的辨证方法：在临床实践中常用的辨证方法有八纲辨证、脏腑辨证、气血津液辨证、六经辨证、卫气营血辨证、三焦辨证、病因辨证等。这些辨证方法，虽有其各自的特点，在对不同疾病的诊断上各有侧重，但又是互相联系和互相补充的。

（2）辨证论治的过程：在整体观念指导下，运用四诊对患者进行仔细的临床观察，将人体在病邪作用下反映出来的一系列症状和体征，根据"辨证求因"的原理进行推理，判断其发病的病因。再结合地理环境、时令、气候，患者的体质、性别、职业等情况具体分析，从而找出疾病的本质，得出辨证的结论，最后确定治疗法则，选方遣药进行治疗。这是中医临床辨证论治的基本过程。

（3）辨证与辨病的关系：在辨证论治中，必须掌握病与证的关系，既要辨病，又要辨证，而辨证更重于辨病。证是疾病不同阶段、不同病理变化的反映。因此，在疾病发展过程中，可出现不同的证候，要根据不同证候进行治疗。如瘟病的卫分证、气分证、营分证、血分证，就是温病过程中四个不同阶段的病理反应，应分别治以解表、清气、清营、凉血等法。同病可以异证，异病又可以同证。如同为黄疸病，有的表现为湿热证，治当清热利湿；有的表现为寒湿证，又宜温化寒湿，这就是所谓同病异治。再如，不同的疾病，在其发展过程中，由于出现了性质相同的证，因而可采用同一方法治疗，这就是异病同治。如：痢、脱肛、子宫下垂等，是不同的病，但如果均表现为中气下陷证，就都可以用升提中气的方法治疗。由此可见，中医治病主要的不是着眼于"病"的异同，而是着眼于"证"的区别。相同的证，用基本相同的治法；不同的证，用基本不同的治法。即所谓"证同治亦同，证异治亦异"。这种针对疾病发展过程中不同质的矛盾用不同方法去解决的原则，就是辨证论治的精神实质。

中医学在辨证过程中所取得的四诊资料，是靠感官直接观察而获得的，人们感觉器官直接观察的局限性决定了望、闻、问、切四诊资料的局限性。因此，辨证既要基于感官直接观察，从宏观、整体把握疾病的现象，又要不囿于感官的直接观察，而应用各种科学方法和手段去获取感官直接观察难以取得的资料，使观察更科学、更全面，把辨证的水平提高到一个新的高度，这也是中医学现代化的一项重要任务。

八、脏腑经络

1. 脏腑的生理功能　脏腑是化生气血，通调经络，营养皮肉筋骨，主持人体生命活动的主要器官。脏与腑的功能各有不同。《素问·五脏别论》曰"五脏者，藏精气而不泻也""六腑者，传化物而不藏"。脏的功能是化生和贮藏精气，腑的功能是腐熟水谷、传化糟粕、排泄水液。

2. 经络的生理功能　经络是运行全身气血，联络脏腑肢节，沟通上下内外，调节体内各部分功能活动的通路，包括十二经脉、奇经八脉、十五别络，以及经别、经筋等。每一经脉都连接着内在的脏或腑，脏腑又存在相互表里的关系。所以，在疾病的发生和传变上也可以由于经络的联系而相互影响。

3. 脏腑与经络的关系　人体是一个统一的整体，体表与内脏、内部脏腑之间有着密切的联系，不同的体表组织由不同的内脏分别主宰。脏腑发生病变，必然会通过它的有关经络反映在体表；而位于体表的组织的病变，同样可以影响其所属的脏腑出现功能紊乱，如"肝主筋""肾主骨""脾主肌肉"等。肝藏血主筋，肝血充盈，筋得所养，活动自如；肝血不足，筋的功能就会发生障碍。肾主骨，藏精气，精生骨髓，骨髓充实，则骨骼坚强；脾主肌肉，人体的肌肉依赖脾胃化生气血以资濡养。这都说明人体内脏与筋骨气血的相互关系。

4. 损伤与脏腑、经络的关系　《血证论》强调"业医不知脏腑，则病原莫辨，用药无方"。脏腑病机是探讨疾病发生发展过程中，脏腑功能活动失调的病理变化机制。外伤后势必造成脏腑生理功能紊乱，并出现一系列病理变化。

（1）肝、肾：《素问·宣明五气篇》提出五脏随其不同功能而各有所主。"肝主筋""肾主骨"的理论亦广泛地运用在伤科辨证治疗上，损伤与肝、肾的关系十分密切。

1）肝主筋：《素问·五脏生成篇》说"肝之合筋也，其荣爪也"，其说明肝主筋，主关节运动。《素问·上古天真论》曰"丈夫八岁，肾气实，发长齿更；……八八，天癸竭，精少，肾脏衰，形体皆极，则齿发去"。文中提出人到了五十多岁，则进入衰老状态，表现为筋的运动不灵活，是由于肝气衰筋不能动的缘故。"肝主筋"也就是认为全身筋肉的运动与肝有密切关系。肝血充盈才能养筋，筋得其所养，才能运动有力而灵活。肝血不足，血不养筋，则出现手足拘挛、肢体麻木、屈伸不利等症。

2）肝藏血：《灵枢·本神》曰"肝藏血，血舍魂，肝气虚则恐，实则怒"，《素问·五脏生成篇》说"故人卧血归于肝，肝受血而能视，足受血而能步，掌受血而能握，指受血而能摄"，是指肝脏具有贮藏血液和调节血量的功能。凡跌打损伤之证，而有恶血留内时，则不分何经，皆以肝为主，因肝主藏血，故败血凝滞体内，从其所属，必归于肝，如跌仆闪挫进伤的疼痛多发生在胁肋少腹处，正是因为肝在胁下，肝经起于大趾，循少腹，布两胁的缘故。

3）肾主骨，生髓：《灵枢·本神》曰"肾藏精"，《素问·宣明五气篇》曰"肾主骨"，《素问·阴阳应象大论》认为"肾生骨""在体为骨"。以上的记载都说明了肾主骨、生髓，骨是支持人体的支架。肾藏精，精生，养骨，所以骨的生长、发育、修复，均须依赖肾脏精气所提供的营养和推动。肾的精气不足导致小儿的骨软无力、囟门迟闭以及某些骨骼的发育畸形等；肾精不足、骨髓空虚可致腿足弱而行动不便，或骨质脆弱，易于骨折。

《诸病源候论·腰痛不得俯仰候》认为"肾主腰脚""劳损于肾，动伤经络，又为风冷所侵，血气击搏，故腰痛也"。《医宗必读》认为腰痛的病因"有寒有湿，有风热，有挫闪，有瘀血，有滞气，有积痰皆标也，肾虚其本也"。所以肾虚者易患腰部扭闪和劳损等症，而出现腰背酸痛、腰脊活动受限等症状。又如，骨折损伤必内动于肾，因肾生精髓，故骨折后如肾生养精髓不足，则无以养骨，难以愈合。故在治疗时，必须用补肾续骨之法，常配合入肾经的药物。筋骨相连，发生骨折时常伤及筋，筋伤则内动于肝，肝血不充，无以荣筋，筋失滋养而影响修复。肝血肾精不足，还可以影响骨折的愈合，所以在治疗时要补肾同时须养肝、壮筋，常配合入肝经的药物。

（2）脾、胃：脾为仓廪，主消化吸收。《素问·灵兰秘典论》曰"脾胃者，仓廪之官，五味出焉"，说明胃主受纳、脾主运化。运化是指把水谷化为精微，并将精微物质转输至全身的生理功能。它对于气血的生成和维持正常活动所必需的营养起着重要的作用，故称脾胃为气血生化之源。此外，脾还具有统摄血液防止逸出脉外的功能。故而，脾胃对损伤后的修复起着重要的作用。

脾主肌肉、四肢。《素问·痿论》曰"脾主身之肌肉"，《灵枢·本神论》曰"脾气虚则四肢不用"。全身的肌肉都要依靠脾胃所运化的水谷精微营养，一般人如果营养好则肌肉壮实，四肢活动有力，即使受伤也容易痊愈；反之，若肌肉瘦削，四肢疲惫，软弱无力，则伤后不易恢复。所以，损伤以后要注意调理脾胃的功能。胃气强，则五脏俱盛。脾胃运化功能正常，则消化吸收功能旺盛，水谷精微得以生气化血，气血充足，输布全身，损伤也容易恢复。如果脾胃运化失常，则化源不足，无以滋养脏腑筋骨。胃气弱则五脏俱衰，必然影响气血的生化和筋骨损伤的修复。所以有"胃气一败，百药难施"的说法。这正是脾主肌肉，主四肢，四肢皆禀气于胃的道理。

（3）心、肺：心主血，肺主气。气血的周流不息，输布全身，还有赖于心肺功能的健全。心肺调和，则气血得以正常循环输布，才能发挥温煦濡养的作用，筋骨损伤才能得到痊愈。肺主一身之气，如果肺的功能受损，不但会影响呼吸功能，也会影响气的生成，从而导致全身性的气虚，出现体倦无力、气短、自汗等症状。《素问·痿论》曰"心主身之血脉"，主要是指心气有推动血液循环的功能。血液的正常运行，不仅需要心气的推动，而且赖于血液的充盈，气为血之帅，而又依附于血。因此，损伤后出血过多，血液不足而心血虚损时，心气也会随之不足，出现心悸、胸闷、眩晕等症。

（4）经络：经络内联脏腑，外络肢节，布满全身，是营卫气血循行的通路。《灵枢·本脏》曰"经脉者，所以行血气而营阴阳，濡筋骨，利关节者也"，指出经络有行气血、运阴阳、养筋骨、利关节的作用。所以，经络一旦受伤就会使营卫气血的通路受到阻滞。经络的病候主要有两方面：一是脏腑的损伤病变可以累及经络，经络损伤病变又可内传脏腑而出现症状；二是经络运行阻滞，会影响它循行所过组织器官的功能，出现相应部位的证候。

九、天人合一

天人合一本来讲的是人与自然的关系，后来延伸到思想观念，进而形成天人合一的两种不同见解。一是指人与自然的和谐；一是指天与人相副，以人合天，天人合一。前者代表着远古人们的看法与感受，后者代表着封建君主制的看法。

《老子》讲天道、地道、人道，以道为首，提出要"人法地，地法天，天法道，道法自然"，主张"以正治国，以奇用兵，以无事取天下"，"我无为而民自化，我好静而民自正，我无事而民自富，我无欲而民自朴"。这些思想是针对当时的乱局所说的，比较质朴。到了战国中期的稷下黄老学术后，这些思想在稷下道学中得到了具体详尽的阐述与发挥。他们的基本思想是人的行为必须合于天道，合乎自然规律，然后人才能生存。

《黄帝四经·经法·论约》云："始于文而卒于武，天地之道也。四时有度，天地之理也。日月星辰有数，天地之纪也。三时成功，一时刑杀，天地之道也。""三时成功"指的是春夏秋三个季节需以养为重，以德为主。"武"指的是冬季寒冷对万物生长来说是刑杀。这是为维护农业生产而说的。务农不违农时，为政不逆天时，用兵不知天道，不习地形，不察人情，天道，地道，人道三不遂，必定失败。为政者，逆节而行"天将不盈其命"。天时是不变的规律，"顺则生，理则成，逆则死，失则无名"。故此，主张天人相适应，相和谐，人不能逆天行事。这里的天，指大自然，主要是日、月、星辰运转、变化而形成的四时八节，而不是指人或神。故而摆出三大禁忌，"行非恒者，天禁之"，违背天时是天所禁止的；"爽事者，地禁之"，违背农事徭役，随意增高卑下是地所禁止的；"失令者，君禁之"指失时令是国君所禁止的。

但到汉时在董仲舒那里不同了。首先他把自然的天与人相比，以天为人，天人合一；以天为神，君为天子，君即是天。

他在《春秋繁露·为人者天》谓："人之人本于天，天亦人之曾祖父也。人之形体，化天数而成；人之血气，化天志而仁；人之德行，化天理而义。"人之人，指作为人类的人，其始祖被尊为神是本于天的。天亦有喜怒之气，哀乐之心，与人相副。所以，他说"以类合之，天人一也"。《春秋繁露·阴阳义》曰："春，喜气也，故生；秋，怒气也，故杀；夏，乐气也，故养；冬，哀气也，故藏。四者，天人同有之。与天同者大治，与天异者大乱。"《春秋繁露·人副天数》言："人有三百六十节，偶天之数也；形体骨肉，偶地之厚也。上有耳目聪明，日月之象也；体有空窍理脉，川谷之象也；心有哀乐喜怒，神气之类也，观人之体一，何高物之甚，而类于天也。"

在这里，我们可以看到，经过对照，本来为自然的天变成了人，变成了曾祖父，变成了神。帝王是曾祖父天的后代，亦自然而然变成了天神的子孙了。这里的天远非老子、黄老、稷下所述的本原（道）的天道、地道、人道，而是具有一种神学的意义了。正是在这一点上，它为"君权神授"主张，为封建君主制立据。这也是道家的"天人合一"与儒家的"天人合一"的显著不同之处。

十、动静结合

运动和静养是中国传统养生防病的重要原则。"生命在于运动"是人所共知的保健格言，它说明运动能锻炼人体各组织器官的功能，促进新陈代谢可以增强体质，防止早衰。但并不表明运动越多越好，运动量越大越好。也有人提出"生命在于静止"，认为躯体和思想的高度静止，是养生的根本大法，突出说明了以静养生的思想更符合人体生命的内在规律。

1. 静以养神 我国历代养生家十分重视神与人体健康的关系，认为神气清静，可致健康长寿。由于"神"有易动难静的特点，"神"有任万物而理万机的作用，故静养神就显得特别重要。老子认为"静为躁君"，主张"致虚极，宁静笃"，即要尽量排除杂念，以达到心境宁静状态。

2. 动以养形 形体的动静状态与精、气、神的生理功能状态有着密切关系，静而乏动则常常导致精气郁滞、气血凝结，久即损寿。所以《吕氏春秋·达郁》说"形不动则精不流，精不流则气郁"，《寿世保元》说"养生之道，不欲食后便卧及终日稳坐，皆能凝结气血，久则损寿"。散步、导引、按蹻等皆是以动形调和气血、疏通经络、通利九窍、防病健身的方法。

3. 动静适宜 从《黄帝内经》的"不妄作劳"，到孙思邈的"养性之道，常欲小劳"，都强调动静适度。从湖南马王堆出土竹简的导引图中的导引术、华佗的五禽戏，到后世的各种动功的特点，概而言之就是动中求静、动静适宜的原则，还突出了一个审时度势的辩证思想特点。

从体力来说，体力强的人可以适当多动，体力较差的人可以少动，皆不得疲劳过度。从病情来说，病情较重，体质较弱的，可以静功为主，配合动功，随着体质的增强，可逐步增加动功。从时间上来看，早晨先静后动，以便有益于一天的工作；晚上宜先动后静，有利于入睡。总之，心神欲静，形体欲动，只有把形与神、动和静有机结合起来，才能符合生命运动的客观规律，有益于强身防病。

老子《道德经》说"致虚极，守静笃""清静为天下正"，《黄帝内经》更明确地说"恬淡虚无，真气从之，精神内守，病安从来"，这就是说，养生的关键是要把动静养生有机结合起来。

第二章

浊毒理论与站桩

一、浊毒理论概述

人体是一个精密的系统，若正气不足，风、寒、暑、湿、燥、火"六邪"都会成为机体致病的因素；若不及时排除，六邪兼杂积存机体会化生——"浊毒"，可能使机体越来越差甚至病症加重。

"浊毒理论"是由我国著名中医脾胃病专家、国医大师李佃贵教授倡导并提出的中医新理论，并将之广泛应用于临床。

历代医家虽然对"浊""毒"有零散记载，但是均未对浊毒进行系统的论述，而浊毒理论所说的"浊毒"，虽然吸纳和借鉴了中医古代关于"浊"与"毒"的含义，但并不仅仅"浊"与"毒"的简单叠加，而是赋予了其丰富的时代内涵。李佃贵教授考据《说文解字》说"浊者，清之反也"，《康熙字典》说"毒，恶也，害也，苦也"。因此，我们把所有对人体有害的不洁之物和不良的精神神志刺激均称之为"浊毒"。李佃贵国医大师带领团队围绕"浊毒"进行了理、法、方、药的系统理论构建，创新了新的发病观——浊毒化、新的治疗观——化浊毒，并首倡当代人类的健康观为"净化人体内环境"，浊毒理论是新时代中医药的重要理论创新，是更契合当代人类健康的中医新理论。

浊毒理论最初用于指导慢性萎缩性胃炎伴肠上皮化生、异型增生等胃癌前病变的治疗，形成了以"化浊解毒法"为特色的理论体系和诊疗方案。之后，该理论不断丰富发展，不仅应用于脾胃、肝胆系统疾病，还广泛用于指导内科、外科、妇科、儿科、皮肤科、五官科等多学科疾病的诊疗，它充实了中医证候学，创新了中医病因病机学观念。

二、浊毒理论的应用

浊毒理论的三大应用：①延年益寿，预防诸多疾病的发生；②防治代谢性疾病；③逆转胃癌前病变。

现代人们的生活水平较以前有了很大的提高，过多物质的摄入使得营养过剩，这就使得人体成为一个浊毒的"垃圾桶"，导致了血脂超标、血糖超标、尿酸超标等诸多问题，人体如何把这些浊毒物质排出体外，也是养生保健的一种非常重要的方法。金元四大家之一，金代著名医学家张子和曾言"陈莝去而肠胃洁，癥瘕尽而荣卫昌，不补之中，有真补者存焉"。意思是说，人体的胃肠内，就像有一些陈腐的杂草一样（即李佃贵国医大师所说浊毒物质）把这些东西排出体外之后，胃肠功能自然就恢复正常了。人体内的不洁物质排出去之后，气血自然就顺畅调和了，所以目前浊毒理论广泛应用于人体的养生保健。李佃贵国医大师提出要"化浊解毒，静神动形"，此即养生八字诀，它指出人要把心静下来，把形体动起来，把体内的浊毒物质排出来，才能达到健康的生活状态。他强调保持情志平和，同时加强锻炼是维持身体健康的关键。

三、浊毒的存在形式

广义的浊毒，泛指一切对人体有害的不洁物质和不良情志，可分为"外浊毒"和"内浊毒"，"外浊毒"又分为"天之浊毒"和"地之浊毒"，内浊毒主要指"人之浊毒"。

1. 天之浊毒　《灵枢》曰："人与天地相参也，与日月相应也。"人类生活在自然界，自然界有着人类赖以生存的必要条件。人体生命活动受自然规律的支配和约束，天地与自然的各种变化时时影响着人类的功能活动。传统中医认为，自然界风、寒、暑、湿、燥、火六气太过成为"六淫"，非其时而有其气形成的自然灾害，均可影响脏腑气血功能而导致疾病发生。近代随着生态环境的不断恶化，外感六淫已经无法涵盖外在的致病因素，因此李佃贵国医大师提出了"天之浊毒"

这一概念。所谓天之浊毒，除包括传统的六淫之外，还包括以下因素。

（1）空气中的污染物：包括悬浮颗粒物、飘尘、二氧化硫、一氧化碳、碳氢化物、氮氧化物、碳烟等，空气中有1000多种有毒物质，空气把食物污染了，浊毒物质就被吃进人体。

（2）大量的致病微生物：随着全球气候变暖，生态环境恶化，大量致病微生物生成繁殖，致使瘟疫频发。有研究表明，温暖的气候与瘟疫暴发之间有联系，更为湿润和温暖的气候条件意味着比正常情况下更适合细菌和病毒生存，而这些病菌传播到人身上的危险性也更大。气候变化还会使人的抵抗能力和免疫能力下降，这些因素综合在一起，就会增加瘟疫流行的概率。

（3）噪声、电磁辐射、光辐射等：随着现代化、城市化的发展进程，各种噪声、电磁、辐射物质及光介质等无形的辐射增加，它们弥漫于空中，虽然看不见、摸不到，但又的确是客观存在的，并且逐渐成为人类无形的杀手。研究证实，长期接受噪音干扰和电磁辐射会造成人体免疫力下降、新陈代谢紊乱，甚至导致各类癌症的发生。

2. 地之浊毒　《素问·六节藏象论》说"天食人以五气，地食人以五味"。人类的生存除了依赖"天之五气"，还离不开"地之五味"，地之浊毒主要是指受污染的水和食物，水是一切生命赖以生存的基础，水污染使食物的质量安全难以得到保障。污染水中的重金属通过水、土壤，在植物的生长过程中逐步渗入食品中。食用了含有过量重金属元素污染的动植物后会对人体产生危害，还有当水中含有的放射性物质较多时，一些对某些放射性核素有很强富集作用的水产品，如鱼类、贝类等，就可能会使得食品中放射核素的含量显著增加，对人体造成损害。水中含有的有机污染物对食物安全影响更大。一些有机污染物的分子比较稳定，通过水的作用很容易在动植物内部蓄积，损害人体健康。而农药化肥的滥用也是农作物污染的重要因素。比如，牛奶中的三聚氰胺，鸡蛋中的苏丹红，这些被污染的水和食物首先经口进入人体的消化系统，损伤脾胃，使后天之本受损，变生浊毒，以致百病丛生。

3. 人之浊毒　主要是指生活方式的改变，饮食不规律，情绪不稳定，现在代谢性疾病众多，我们认为这些都是人体内浊毒引起的，所以化浊解毒是当代解决重大疾病的非常重要的方面，化浊解毒就是从天、地、人各方面预防。

（1）情志不畅生浊毒：《素问·举痛论》曰："百病生于气也。"喜、怒、忧、思、悲、恐、惊原本是人体对外在环境各种刺激所产生的正常的生理反应。但当外来的刺激突然、强烈或持久不除，使情志激动过度，超过了人体生理活动的调节范围，则可使人体气机失调，进一步导致脏腑功能紊乱，气血运行失常，津液水湿不化，痰浊瘀血内停，日久蕴化浊毒，以致百病丛生。另外，社会激烈的生存竞争及经济竞争，给许多人带来了前所未有的心理压力，升学、就业、下岗、医疗、养老等问题波及各个年龄段，使人们的情绪经常处于压抑、忧愁、思虑、焦虑等背景之中，日久"神劳"，超过了人体生理活动的调节范围，则可使人体气机失调，进一步导致脏腑功能紊乱，气血运行失常，津液不化，浊毒内蕴，疾病由此而生。亚健康者即多为身心疾病的患者，多因情志所伤，如持续的情绪焦虑、愤怒、抑郁等，必将使机体神经、内分泌和免疫系统等产生一系列的变化，进而可发展成亚健康状态。这种亚健康状态便可理解为中医所定义的郁证，郁久则化生浊毒。

（2）饮食不节（洁）生浊毒：《素问·脏气法时论》指出"五谷为养，五果为助，五畜为益，五菜为充，气味合而服之，以补精益气"。这就要求我们以植物性食物为主，动物性食物为辅，并配合果、蔬，使饮食性味柔和，不偏不倚，以保证机体阴阳平衡，气血充沛。然而，随着人们生活水平的不断提高，传统的饮食习惯已被打破，过去偶尔食之的鸡鸭鱼肉等副食品已经成为普通百姓的日常饮食，高热量、高蛋白、高脂肪的"西式快餐"被国人奉为美味佳肴，强食过饮现象非常普遍。而过食肥甘厚味，则可使浊邪内生，正如《素问·奇病论》谓"肥者令人内热，甘者令人中满"，《医方论·消导之剂》说"多食浓厚，则痰湿俱生"。如今，高糖、高脂、多淀粉的饮食，使一些"富贵病"的发病率直线上升，以肥胖、"三高""三病"为主体的"代谢综合征"正在国人生活中扩散。究其病因，多因"脂浊""血浊"等浊毒为害。另外，垃圾食品、污染食品，以及普遍存在的过度医疗、乱服药物现象，都使得人体脏腑受损，酿生浊毒。

（3）不良生活生浊毒：《素问·宝命全形论》指出："人以天地之气生，四时之法成。"人只有顺应自然气候的变化规律才能保持健康。但是，随着各种现代化的生活设施不断地介入人类的生活，人们不必再动作以避寒，阴居以避暑，而是悠然地生活在人工营造的舒适环境之中。人们出入于乍热乍凉温度悬殊的环境，使机体腠理汗孔骤开骤闭，卫外功能难以适应，久而久之，闭阻体内的浊气即可化为浊邪而致病。而过量或长期嗜烟酒更是祸害无穷。因为"酒之为物，气热而质湿"（《证治准绳·杂病·伤饮食》），故大量饮酒后多有头目不爽、倦怠乏力、口干口黏、舌苔厚腻等湿浊阻滞之象，而长期嗜酒者每见面垢多眵、食少脘闷、口干口苦、舌苔黄腻等湿热阻滞之证。"烟为辛热之魁"（《顾松园医镜·卷十一·虚劳》），即便少量吸烟，也会给身体带来不容忽视的危害。肺为娇脏，香烟燥热，极易损伤肺气、肺阴，肺为水之上源，肺气、肺阴受损，宣发和肃降失常，水液代谢失调，导致痰湿内生，故长期嗜烟者每多见咳嗽多痰等痰浊内蕴之象。而缺乏有效运动也是现代人普遍存在的现象，久而久之，会使人体气血不畅，代谢失调，变生浊毒，引起各种身心疾病。

四、治未病浊毒理论

未来最好医学的标准，不是治好病的医学，而是使人不生病的医学；未来医学的研究方向，应以人类健康作为医学的主要研究方向；未来医学的目标，应逐步向预防疾病、维护健康、防止损伤调整。而未来医学的标准、方向和目的，归根到底就是我国2000多年前《黄帝内经》里所提倡的——"治未病"。"治未病"将引领未来医学发展。"治未病"的含义主要包括三个方面：未病先防，已病防变，既愈防复。但同样是治未病，当下的治未病已经和2000多年前的治未病有很大的差异。因为人们所处的生态环境、生活方式、疾病谱都发生了很大的变化。正如张元素所言："运气不齐，古今异轨，古方新病，不相能也。"浊毒理论赋予治未病思想新的内涵：未病先防——预防浊毒内生和外感；已病防变——及早发现并祛除浊毒；既愈防复——扶正固本，根除浊毒之源。

俄罗斯诺贝尔奖获得者梅契尼科夫曾提出人体自身中毒学说。他认为人体自身代谢的垃圾不能及时排出是导致人类多种疾病和早衰的首要原因，这与浊毒理论的观点不谋而合。而从中医整体观来看，不能忽视外界因素，即"天之浊毒"和"地之浊毒"对人类健康的影响。当前，生态环境恶化已是全人类健康的公敌，浊毒物质充斥全球，人类已成为时代产物的"浊毒垃圾桶"，而这也是影响人类健康的根源所在。因此，浊毒理论提出新时代的健康观是"净化人体内环境"，这也是浊毒理论的核心思想。即通过人体净化浊毒系统协同作用，使人体清净明亮，健康长寿，并以此指导临床诊疗和养生保健。

五、浊毒理论与站桩

中医理论主要来源于对医疗经验的总结，并在实践中不断运用自然科学文化充实和发展。《素问·上古天真论》所说"余闻上古有真人者"，指的就是练习站桩功法之人。

1. 站桩的直接目的是养神　神为人体身之主宰，统领支配各个内脏器官，如果神经常得到保养，经络、脏腑、四肢百骸都可得到濡养；神若受到损伤，人体各个脏器就有产生懈怠的可能。

2. 站桩是预防医学的补充　祖国医学把医疗预防放在首要地位，医师的责任不仅在于能够治病，更重要的是能够防病。防病的方法很多，站桩是比较简单有效的养生方法。站桩时要求做到闭目、凝神、静气、形体和意念放松，进一步达到"内空灵清虚，外中正圆和"的境地。其目的不外是使神能够经常聚集而不失散，这样也就是培育了真气。中医认为精、气、神为人之三宝，所谓"神役精，气役精，聚精生气，聚气生神"。如果这三宝保持得好，也就是达到了"真气内守，神不外溢"，必然可以健康长寿。

《素问·上古天真论》中提道"恬淡虚无，真气从之，精神内守，病安从来"。"恬"是内无所营。"淡"是外无所逐。也就是说，我们经常保持无思无虑使神不外溢，久之，自然会精气充满，内部充实，也就很少会有疾病产生。

远古时期的站桩，就是独立守神最好的方法。如果能够长期坚持，同样会和真人的健康情况一样，长命百岁，享尽天年而去。就此观之，站桩对一般健康人来说，完全可以达到减缓衰老、延年益寿的作用。因此，它对医疗预防上的价值也是不可估量的。

3. 病症唯自身的大药可除　中医认为很多患者致病主要是由于阴阳失调，清浊相混，气血滞塞，营卫不和，像一般的精神衰弱、高血压、消化性溃疡、关节炎等病症，都是由于这些原因造成的。通过站桩，这些状况会逐渐得到改善。

（1）心肾相交，阴阳互根：站桩治疗到一定时期后会自然地感到呼吸转向慢、深、细、均匀，这时全身极为舒适，《素问·四气调神大论》说"使志若伏若匿，若有私意，若已有得"，崔公入药境中也有"先天气，后天气，得之者，常似醉"之说。这就使我们意味到在站桩治疗过程中，之所以能有呼吸自然转慢、精神如醉如痴的表现，正是由于心中之元神在无意之间与肾中之元气汇合，心感肾，肾也感心，心肾相交以后才会产生欣欣之意，经常这样练习下去，使真阳积聚，元气就自然壮旺充实，实为己之有得，永不失散。心肾不断交感，日久可使督任二脉逐渐通达，元气经常壮旺阴阳则得以互根。某些由于这类原因产生疾病的患者，经过站桩治疗以后，往往会得到改善，以至病症消失。《内经》所谓"阴平阳秘，精神乃治"的真正含义，在此也可得到进一步的认识。

（2）泌清别浊，升降有常：调整清浊升降，使之走向正常。一般正常人，在体内经常保持"升清降浊"的正常状态，而有些患者往往是清不升浊不降，清浊升降失其常态，疾病也就相因而生。站桩时可以体会有气体上升，从喉咙中排出，或腹内有腹鸣现象，把一些气体自然舒畅地从肛门排出，这些污浊之气排出后，身体显得格外轻松，从而使疾病得到改善或消失。喻昌《医门法律》一书中曾提到"善养生者，俾贲门之气，传入幽门，幽门之气，传二阴之窍而出，乃不为害"，这不单纯是养生的道理，也是治病的道理。

（3）调和营卫，流通气血：人身得以保持健康，也赖于营卫调和，如果营卫之气不行，日久天长，人体就会形成"水浆不入，形体不仁"之象。更严重时甚至可使"精气弛坏，神去而不可复收"，达到无可救药的地步。然而，营卫之调和，又需赖以整个人体大气的周转不息。因此，两者又是互为因果的关系。在站桩治疗过程中，会感到有"气贯全身，手脚发热，颤动，全身透出微汗，精神焕发"的感觉。这种现象，一方面说明了血液循环功能的加强，血本随气行，如果血通则气必先通，因此血液循环功能的加强，就意味着气血的通畅；另一方面也说明了营卫的调和，因为营卫和则腠理开，这样全身才会有微汗透出的征象，就此观之，站桩治疗不仅可以改善血液循环功能，也会使营卫调和；在营卫得到调和的过程，又相应地促进气血更进一步的通畅。《金匮要略》所谓"营卫相得，其气乃行，大气一转，其气乃散"的论点，在此可得到验证。

诸如上述的一些现象，可以体会站桩本身不但使神得其养，而且对维系阴阳、调节清浊升降、调和营卫、流通气血也起到了一定的作用。

第三章

内经养生桩

一、概述

养生桩是我国古代养生术之一，历史悠久，是最早的养生术，早在两千多年前的《黄帝内经》中，就有"提挈天地，把握阴阳，呼吸精气，独立守神，肌肉若一"的记载。因此可以说，养生桩是人类祖先与疾病灾害和自然界中毒蛇猛兽竞争生活过程中，逐渐积累下来的经验。由于最早记载于《黄帝内经》，所以我们将之命名为内经养生桩。养生桩功法是中华民族几千年文化的沉淀，是老祖宗不断实践完善、归纳总结，甚至付出生命而留给后人的宝贵财富。

东汉以前，很多文人武士兵将皆会静养，行站坐卧皆可用功，成为一种普通的健身术。后梁武帝时，达摩行教游汉土（此时达摩年六十七岁，是天竺国王第三子番王之子，见高僧传、东流小传、梁武帝、诏文、祭文），传来洗髓易筋等法，唐代有临济、密宗两派，相继传出插条、柔杠、三折、四肢功、八段锦、金刚十二式，罗汉十八法——印度统名之曰柔杠，后又有岔派，派别迭出，不可枚举，居士尤多，标新立异，花样繁多，方法极乱，异论杂出，遂使此术没有发展反而有分裂情况，早在五百年前，已形成抱残守缺之象。

宋代之后，多变为禅坐等法，也是门户迭出，互有异同，而且坐法多不够自然，也不够具体，舍精华而取糟粕，不仅达摩师传淹没已尽，而且历代先哲遗产也随之俱废，大好学术无形销毁，殊为可惜。

日本相近此术者不少，每次练功之前首先凝神站立以定神思，并得到各方面的提倡支持，也确有深造独、专、精、持久的功夫，但亦系支离破碎、只鳞片爪。

内经养生桩看似简单，实则是包含很多传统文化的产物。如混沌、阴阳、八卦、太极、天人合一等。肌肉若一，是站桩所追求的均衡状态，也就是常说的混沌。把握阴阳，就是要求站桩时把身体在混沌的基础上分出松紧，后拔前松沉，特别强调前面胸腹要放松，如老虎、青蛙的肚子，后背由于前面的悬吊而发紧，这即是阴阳。随着大家功力增深，慢慢还会体会到，开始我们要达到的状态是整体，是乾，即易经八卦里的符号三连（☰），以后还要把三连分开成为六断（☷）即坤。如果从横切面把练站桩的人做运动时的轨迹记录下来，就会发现是一个完整的太极图。站桩者的脊柱运动过程，在自转的同时也在公转，这种运动非常符合天体的运动轨迹，也就中医所提出的天人合一的最佳状态。

二、静功

（一）四容、五要、五似

1. 四容　头直、目正、身庄、声静。

头直：头统领全身，头偏身体就会不正，颈椎就会不正，长期不正，颈椎就会发生弯曲改变，身体就会出现一系列诸如颈椎病的表现，如手麻、头疼、头晕等。

目正：目，眼睛也，是人心灵的窗口，如果眼神不能定住，人的心灵就不会安静下来，容易胡思乱想。正，不偏，注视前方，可以调整身体中正。每一个成年人身体都是不正的，如左右手力度不同就是身体不平衡的外在表现。

身庄：身，解释为除四肢以外的躯体；庄，严肃认真，庄严肃穆。

声静：声，呼吸之声；静，静若处子，安静，祥和。

2. 五要　恭、慎、意、切、和。

歌诀传世：恭则神不散，慎如深渊临，假借无穷意，精满浑元身，虚无求实切，勿失中和均。

3. 五似　似笑非笑、似枕非枕、似靠非靠、似坐非坐、似尿非尿。

似笑非笑：发自内心的愉悦，而表现出来的整体状态，不是面部肌肉的外在表现，通过此要领可以让面部肌肉放松。

似枕非枕：头部后脑枕骨向后，如枕枕头，不能仰头，通过此要领有利于颈部肌肉放松。

似靠非靠：后背整体后靠，如靠椅背，但不能后仰，通过此要领有助于后背肌肉放松。

似坐非坐：如坐高凳，调整膝盖的弯曲，通过此要领可以让身体和腿部连成一体，有助于拉伸后背和腿部筋骨。

似尿非尿：小便的时候腹部是放松的，通过小便的意境达到腹部放松的结果。

练习时间：练习时间根据个人体质，体弱多病的可以时间短点，每次可以从5分钟开始，最长不超过1小时。

（二）正面静功分类

1. 站式　根据手高低可以分为：撑抱桩、推托桩、提抱桩、扶按桩、提插桩、分水桩、休息桩。

（1）撑抱桩（图3-1）：两腿左右分开，双脚平行而立，内侧与肩同宽。两臂抬起至胸前，略低于肩，十指张开自然微曲，两手指尖距两三拳，腋下半虚涵。双膝微曲，不超过脚尖。以上间架摆好后，从上至下的意念：似笑非笑，似枕非枕，似靠非靠，似坐非坐，似尿非尿。双肘如放在一根横木上休息，双臂如抱一个大气球，即不能使气球飘出，又不能将气球抱瘪，胸部、两臂、手掌似乎处处同球面相吻。牙齿中间如含一块薄梨片。

（2）推托桩（图3-2）：此桩和以下各桩基本要领同撑抱桩相同。双手举起置于眉下方，相距约两三拳，手心向外同时稍向内收。意念想着山坡上有一根滚木滚下，双手推托住滚木不让它落下，同时也不让它滚走。

（3）提抱桩（图3-3）：双手放置在肚脐前面，双臂打开呈圆形，肘部外撑，手心向上，手指相对，两手距离大约两拳。意念如提抱一个大气球。

图 3-1 撑抱桩

图 3-2 推托桩

图 3-3 提抱桩

（4）扶按桩（图3-4）：双手前伸，离身尺许，高度约在中焦。双手之间距离2～3拳宽。意念如站在齐腰深的冷暖适度的水中。双手轻轻扶按在水中漂浮的一块大木板上，木板随水荡漾，双手之意是既不让木板被水荡去，又不能将其按入水中。

图 3-4　扶按桩

（5）提插桩（图 3-5）：双手置于腰胯两侧，放松下垂，手指微张，两肘外撑，小臂内撑外裹，两腋虚合。意想双手下插于地，同时两肘微曲，微含上提之意。

图 3-5　提插桩

（6）分水桩：双手左右分开，与自身约成 60° 角，全身放松。手心朝前为前分水（图 3-6），手心朝后为后分水（图 3-7）。意念中身如立清水池中，双手前后分水。

（7）休息桩（图 3-8）：双手反背贴于腰部，十指分开，自然弯曲。意想双手拿着两个小球，敛神远听。

图 3-6　前分水桩

图 3-7　后分水桩

图 3-8　休息桩

2. 坐式　环抱坐桩、托抱坐桩。

（1）环抱坐桩（图 3-9）：端坐在床上或者椅凳上，两腿前伸，自然放置。脚尖抬起如踩刹车，两脚之间距离与肩同宽，两手于胸前环抱，同撑抱桩要求。需要注意的是，膝盖角度大于 90° 小于 135°，膝盖中间如夹一气球，膝盖方向与脚尖方向一致。

图 3-9　环抱坐桩

（2）托抱坐桩（图3-10）：自然端坐在床上或者椅凳上，加上同环抱桩的要领，双臂环抱，双手置于平脐高度，距身远不过尺，近不贴身，十指分开。意念中双手如向上托抱一大气球。需要注意的是，膝盖角度大于90°小于135°，膝盖中间如夹一气球，膝盖方向与脚尖方向一致。

图3-10 托抱坐桩

3. 卧式 在一个不太软的床上，全身放松平躺，膝盖微曲，脚跟着床，与肩同宽，双膝如夹一气球。膝盖与脚尖方向一致，双臂抱气球，肘部悬空或者肘部放到身体两侧，眼观鼻、脐，从双脚中间看出去，呈一条直线。

自然呼吸，腰部放松与床贴到一起，脚不要用力，想着脚下踩着一个障碍物，自己在一个春光明媚，冷热舒适，空气新鲜，山清水秀的环境里，静静地躺在一个舒适松软的地方，聆听大自然的声音。

（三）侧面静功分类

1. 侧面撑抱式（图3-11） 双脚前后站立，双脚相距两脚半距离，前脚脚尖与两只脚跟在一条线上，双脚之间夹角为45°，坐胯圆裆，重心前四后六。眼睛看前脚方向，身体胸腹面与后脚方向一致，两臂抬起，如抱气球，高不过眉，低不过脐，前手腕与前脚方向一致，后手腕与后脚上下对齐，具体高低，根据每个人的实际情况，以肩部放松为准或者以病情为准，十指张开微曲，腋下半虚涵。

图 3-11　侧面撑抱式

此要领为站好后，似笑非笑、似枕非枕、似靠非靠、似坐非坐、似尿非尿，牙齿中间如含一块薄梨片，呈身心愉悦状态。

2. 侧面扶按式（图 3-12）　以侧面撑抱式开始，双手下翻，掌心朝下，双脚前后站立，与肩同宽，双脚尖均朝前，重心在后腿上，想着身体前方有一张桌子，双手扶、按桌面，扶、按交替进行，双肘横撑，双脚轮流支撑身体重量，眼睛看正前方。此功法适合下肢站立不稳，但能站立的人群练习。

图 3-12　侧面扶按式

此要领为站好后，似笑非笑、似枕非枕、似靠非靠、似坐非坐、似尿非尿，牙齿中间如含一块薄梨片，呈身心愉悦状态。

三、动功

动功都是在静功的基础上延伸出来的动作，起势都是以静功开始。

1. 拉弹簧　以静功站式开始（图3-13），双手相对（图3-14），双臂向两侧拉伸（图3-15），后背后靠，如拉弹簧，有阻力感，同时吸气，然后双臂向内合，胸腹下撤，如压缩弹簧，有阻力感，同时呼气。一呼一吸为一动，十动为一组。双臂还可以斜着拉弹簧，左臂在上或者右臂在上，双手相对，双臂向左上右下拉伸或者右下左上拉伸，后背后靠，如拉弹簧，有阻力感，同时吸气，然后双臂向内合，胸腹下撤，如压缩弹簧，有阻力感，同时呼气。重复以上动作，一呼一吸为一动，十动为一组。

图3-13　静功站式　　　　　　　　　　　图3-14　双手相对

图3-15　双臂向两侧拉伸

2. 泼水　以静功站式开始（图3-16），双手心朝下，向两侧展开不超过，双肩延长线，同时吸气，想着双手各握一瓢，在两侧舀水（图3-17），然后双臂向前方荡出，把水向自己正前方泼出，同时手心朝上翻转，手指朝前（图3-18），同时呼气。接着双臂向两侧展开，手心向下翻转舀水，重复泼水动作。也可以单手泼水，一只手朝前方泼水，另一只手侧面舀水（图3-19），双手交替进行（图3-20）。重复以上动作，一呼一吸为一动，十动为一组。

图3-16　静功站式

图3-17　双臂向两侧展开，手心向下翻转舀水

图3-18　双臂向前方荡出，手心朝上翻转，
　　　　　手指朝前

图3-19　一只手朝前方泼水，另一只手侧面舀水

图3-20　双手交替进行

3. 揉球　以静功站式（图 3-21）开始，头领身体向左转动，同时由横抱球变成竖抱球（图 3-22），左手在上与眉齐，右手在下与肚脐齐，然后头领身体向右侧转动，同时竖抱球变成右手在上与眉毛平齐，左手在下与肚脐平齐（图 3-23）。重复以上动作，一呼一吸为一动，十动为一组。

图 3-21　静功站式　　　　　　　　图 3-22　横抱球变成竖抱球

图 3-23　竖抱球右手在上与眉齐，左手在下与肚脐齐

4. 按球　以静功站式开始（图 3-24），双臂前伸，掌心朝下，横肘（图 3-25），想着掌心下方有一皮球在水面漂浮，双手按压皮球没入水里，手到肚脐高度同时身体上张吸气（图 3-26），然后想着皮球顶着双手浮出水面，同时身体下坐呼气，手到眉处高度（图 3-27）。重复以上动作，一呼一吸为一动，十动为一组。

图 3-24　静功站式

图 3-25　双臂前伸，掌心朝下，横肘

图 3-26　双手按压皮球没入水里，
　　　　　手到肚脐高度

图 3-27　皮球顶着双手浮出水面，
　　　　　同时身体下坐呼气，手到眉处高度

5. 筛筛子

（1）以静功站式开始，双手抬起如抱筛子，双臂抱着筛子做顺时针或逆时针转动，感觉筛子里有沙子，随着自己筛动，沙子不断从筛子里漏下（图 3-28）。

（2）熟练掌握上述功法后，可以保持手臂不动，想象身体后面和左右共有三棵大树。想象身体先向左侧的树靠过去，要保证脊柱上下同时运动，上下处于同一垂直线（图 3-29），再向身体后面的树靠过去，再向右侧的树靠过去（图 3-30），最后身体放松，恢复起始状态，继续重复这一过程。想象用脊柱带动双臂运动，如筛筛子，感觉筛子里有沙子，随着身体的筛动，沙子不断从筛子里漏下。反方向也如此。

此动作可以对全身各大器官的平衡调节起到系统锻炼的作用。

图 3-28　静功站式　　　　　　图 3-29　身体先向左侧的树靠过去，要保证

脊柱上下同时运动，处于同一垂直线

图 3-30　向身体后面的树靠过去，再向右侧的树靠过去

　　6. 划船　静功撑抱式开始（图 3-31），双手下翻，指尖朝前，双手如握船桨，手心虚握，空虚（图 3-32），通过重心前移（图 3-33）和后移（图 3-34），达到脊柱带动肘，肘带动肩，由外向内画圈，做划船动作，如自己站在船上，逆水行舟，不进则退，眼睛注视前方，防止船只碰撞周边障碍物。左右互换练习（图 3-35）。

　　此动作能够对颈椎和肩肘充分锻炼，使颈肩肘灵活柔软，放松舒适。

　　7. 摇辘轳　静功撑抱式开始（图 3-36），双臂抬起，双手如握辘轳把，脊柱带动双臂做摇动辘轳打水动作，双臂起，身体下（图 3-37），双臂落，身体起（图 3-38），感觉辘轳上有一桶水，很重，需要不断用力才能摇上来，不能断劲，断劲水桶就会掉下去。

　　此动作可以对心肝脾肺肾起到疏通、按摩的作用。

图 3-31　撑抱式

图 3-32　双手下翻，指尖朝前

图 3-33　重心前移

图 3-34　重心后移

图 3-35　左右互换

图 3-36　撑抱式

图 3-37　双臂起，身体下

图 3-38　双臂落，身体起

8. 磨豆　静功撑抱式开始（图 3-39），前手握磨柄，后手加豆，脊柱带动前臂由外向前向内做转磨动作（图 3-40），后手手心向上翻，向上移动，再向下按放做加豆动作（图 3-41）。感觉自己在磨豆，眼睛看向前方的磨，一手转动磨把，一手放豆，协调统一，舒适愉悦。

此动作可以锻炼身体平衡及双手的协调性。

图 3-39　撑抱式

图 3-40　前手握磨柄，后手加豆，脊柱带动前臂由外向前向内做转磨动作

图 3-41　后手手心向上翻，向上移动，再向下按放做加豆动作

9. 撒网　以静功站式开始（图 3-42），双足在一个等边三角形三个点之间移动，例如右脚挪到左脚边上，双手做提网动作（图 3-43），然后右脚向等边三角形上方那个点移动，左脚跟进右脚边，双臂顺前脚方向把渔网抛出（图 3-44），最后原路返回，左脚撤回，右脚收到左脚边，双手收回做收网动作（图 3-45），想着自己在海边站着，眼睛看向海的远处，把渔网提起来，用力扔到海里，越远越好，等渔网落到水里后，再把渔网从水里拉回来。右侧同左侧，对全身各大器官平衡调节起到系统锻炼。

此动作可以锻炼腰腿灵活，身体平衡，让心情愉悦舒适。

图 3-42　静功站式

图 3-43　右脚挪到左脚边上，双手做提网动作

图 3-44　左脚跟进右脚边，　　　　　图 3-45　右脚收到左脚边，
　　　　双手收回做收网动作　　　　　　　　　双臂顺前脚方向把渔网抛出

10. 拔麦子　从静功撑抱式开始（图 3-46），双臂下落，掌心朝下（图 3-47），想着前脚边上内侧有麦子，双手抓住麦子根部，用脊柱带动手臂，连根拔起，双手向后肩方向后扬（图 3-48），然后抬起前脚，双手向前脚方向相对落下（图 3-49）。想着把手里麦子根部在脚上磕磕，把土磕掉。然后恢复起始状态，接着重复练习。

图 3-46　静功撑抱式　　　　　　　　图 3-47　双臂下落，掌心朝下

图 3-48　双手向后肩方向后扬　　　　图 3-49　抬起前脚，双手向前脚方向相对落下

四、步法

1. 三角步　以静功站式开始（图3-50），双脚运行轨迹在一等边三角形上移动，三角形三个点为脚停顿位置。首先双臂展开不超过双肩延长线，掌心朝下（图3-51），右脚移动到左脚边上停顿（图3-52），再向三角形定点移动停顿（图3-53），然后左脚移动到右脚边上，左脚再原路返回三角形左点停顿，右脚原路返回左脚边停顿，再移动到三角形右边点，恢复初始状态。练习过程中双手如按拐杖，脚移动的时候如从水中移动，体会水和脚之间移动的阻力，体会水波的荡漾之感。此步法要求缓慢匀速练习，心静步稳，切忌急于求成。

图 3-50　静功站式开始

图 3-51　双臂展开不超过双肩延长线掌心朝下

图 3-52　右脚移动到左脚边上停顿

图 3-53　向三角形定点移动停顿

2. 平行步　以静功站式开始（图3-54），双臂下翻，掌心朝下，与脚上下对齐，同侧手脚同时向正前方抬起落下（图3-55），然后另一侧手脚同时向正前方抬起落下，双脚向平行向前迈出落下。同时想着，手里有一根绳子和同侧脚的涌泉穴连接，同侧手脚抬起的时候，是手提着绳子把脚拉起来，向正前方落下。手脚抬起的时候吸气，落下的时候呼气。如此反复练习，此步法要求匀速缓慢，不要憋气。

图 3-54 静功站式开始

图 3-55 双臂下翻，掌心朝下，与脚上下对齐，同侧手脚同时向正前方抬起落下

3. 起拔桩步法挪位法　养生桩撑抱式站稳（图 3-56），徐徐做下蹲动作，蹲至将近与膝部平行时（不可低于膝盖水平）（图 3-57），双手下按，身体拔高（图 3-58），再缓缓恢复到撑抱式。这里需注意的是在呈原式时不仅是双腿的力量使然，最重要的是颈椎的作用，开始最好双腿不用力，单纯以颈椎上拔，同时双手臂下如按一横木。

如同单杠动作中的引体向上动作，其拔起主要是上肢下按和颈椎上拔的力量完成（但不能有腹肌和胸肌及肩部肌肉的力量）。习此功的首要注意事项就是三窝的放松，不能因上拔造成憋气身僵，意念中如扒着墙观物，又如马拉车上坡。习者会意识到这又是桩功的原则。如此反复进行，此试力也可以扶按等式进行。

图 3-56 撑抱式

图 3-57 徐徐做下蹲动作，蹲至将近与膝部平行时（不可低于膝盖水平）

图 3-58　双手下按，身体拔高

待上述训练熟练后，可进行桩位移步训练。此项训练要领皆同起拔法。只是不再下蹲，只以撑抱式站立，颈椎上拔，双臂下按（臂下方如按横木或双手如按横木皆可）。双腿弯度不变而前行，这样就根本无法动步，只有靠腰腹部前送而膝行（不是抬足而行）。此试力注意双腿不许直，应保持桩的弯曲角度，同时，体重不许偏放于支撑腿，重心始终在自己的中心。意念：身如槐虫，肩似挑担。槐虫就是我们常见的一种绿虫，一根线从口中吊于树枝上，其动全由身体蠕动，俗称"吊死鬼儿"。身如挑担是为把重心拔起，其动也是由颈椎带起的，此处再重申一下：肩如挑担只是意念，千万不可使三窝发紧，尤其双肩不许上耸发僵。此行走乃步法之基，需熟练不可轻视。该项训练熟练后，可进行半边松紧的训练。即整体一分为二，一边松一边紧，一边拔一边落。意念中颈椎上拔时一边起，一边落，靠身体前行，如此左右互换前进。因此状酷似企鹅之行，故称企鹅步，又名鹅行鸭子步。初习较慢，熟练后动作可加快，此步熟练后，不仅步法转换极快，而且实作时蓄发随意，松紧虚实变化自如。意念：双手间如按弹簧，身体随着左右按下弹起的意念前行。

4. 摩擦步　原则要领一从前文站桩，初学亦应以养生桩全身放松的要求为主。初学步法，习者可去动物园观察一下虎豹之行走，或多看电视中的《动物世界》节目，对步法训练会大有裨益的。

首先婴孩爬行时和初习走路及狮虎之行是同常人不同的，其特点是以身带腿，整体而动。尤其是四肢履地的动物（尤以鳄鱼、壁虎最为明显）都是靠身体蠕动带动四肢的运动，而常人的行走是靠双腿拖着躯干进行的。

分水桩起式：目光注意前方一个目标，无论如何动转挪移，视线不许随动作转移，始终以一个目标为视点，因为实作时是始终观察对方的，故在练习时即应如此，其他要领依从养生桩分水式。站好桩之后开始运动，意念中双手如按栏杆，也可意想双手各扶按一拐杖，然后迈后腿至前腿踝骨处，再用腹部将此腿缓缓送出，落于身侧，其步距步型要求很简单，落下后正好是技击桩的姿势才为正确。此步应注意的要领是：起步如履薄冰，落步如临万丈深渊，小心翼翼，缓缓而行。落腿时应有试探之意，徐徐而落，不可一下落实，万一脚踩空或渊边石头滚下，自己将堕落丧生。抬腿行走时脚心下如踩着一根木棍或小球滚滚缓行，至踝骨交叉时应在意念中停一下再前送。但其原则不是形停，只是意念稍慢。意念：如蹚泥涉水。注意脚尖方向始终朝前，日久功深自会感到与空气产生摩擦。

待上述训练熟练后，内在可加起拔法。即分水式站好后，以身如挑担的意念用颈椎将躯干拔起（注意双腿不许直，桩的外形基本不变），拔的同时双手意念下按（外形亦不许露出），将身体拔起后，以腹部催下肢顶膝而行，落腿时颈椎随之内在放松，双手亦随之放松。如此徐徐体会操存，自有心得。其他要求依从摩擦步试力。

如上述训练有得可再加上肩胯若机轮之法。即在颈椎上拔将身带起后，后腿的胯部随之上提，把腿带起而行，落腿时实际上是胯部缓缓落下，膝、足随之而落。肩胯的拉伸量越大，步法就越灵活，发力的效果也愈佳。由此可更深刻了解到各项功法都是相通的，是互为补益而统一的。在此应提及的是：在提胯时由于一侧胯部的提高，另一侧的肩膀未动，就会影响肩胯的平行四边形的结构。这就需要再加上以肋带胯，因为肋部若起，肩会随之而起（但仍是放松的肩随肋的拔起而起），这样就可以保持平行四边形的整体几何状态，以利于整体，随机而整体齐动的状态。如上述训练的内在动态即整体的桩运动，又是脊柱带动躯干，躯干带动肩胯，肩胯带动四肢的科学运动。我们不妨以此训练对照一下狮、虎、豹等动物的行走，它们行走、扑击或搏斗，无不是先由颈椎带起躯干的肩膀若机轮的运动。此试力日久功深，自然一动齐动，肩胯如轮，活若灵猿，迅捷无比。

在摩擦步试力功深后，可略有变化，其步变化亦应以上述原则为本，以桩为基，所不同的只是意念。

（1）搅水试力：意念中如在齐腰深的水中，双腿十字交叉反复前后搅水，其动作如前。

（2）踩泥试力：腰部以下如陷泥中，双腿依摩擦步要领而动，如在深泥中运行。

（3）绊绳试力：双腿如绊在有了弹性的绳子上（也可意想绊在水中的水草上），

前后牵连，缓缓而行。摩擦步的深入是在落胯时加上如走下坡的意念。

五、意念诱导

1. 为了有利于学习者入静和放松，练习内经养生桩需要配合意念。这些意念必须是良性的诱导或者假借。如鸟语花香，苍松翠柏，明媚春光，蓝天白云，小桥流水，广阔大海和广阔草原等。应做到心旷神怡，轻松愉快。

2. 设想自己站在喷头下，温度适中的水流从头至脚缓缓流下，身体随之放松。

3. 意想微微细雨，由远及近，随风潜入夜，润物细无声，体验宁寂、恬静的感觉。

4. 杂念丛生之时，来者不拒，去者不留，视自身如大冶洪炉，杂念如枯枝败叶，入炉即化。

六、注意事项

养生桩不仅是健身治病的运动，也是一门磨炼意志的功夫，所以习练养生桩之人必须注意，粗暴、浮躁、气愤、忧虑、悔惧、得失之念和侥幸思想等，都是缺乏修养的表现，学者切要禁忌。

对于治病之人来说，凡是习练养生桩者多数都是久病不愈或药石刀针亦不易奏效者，但仍要气不自馁，积极地锻炼，积极地治疗，精神要焕发，蓄有弹力，时时作反复斗争的准备，才能战胜病魔，恢复健康。如果悲观失望、生气着急，毫不振作，一曝十寒，时作时辍是不起作用的。

习练养生桩必须心神安详，摒除杂念。"神不外溢，力不出尖，意不露形，形不破体"，神态要轻松自如，蓄意要深蓊雄浑，力量要稳准虚灵"无动不机，无机不趣，虚灵守默，而应万物"。虽是浅显易懂的道理，但初学者不易理解。主要是以神意为主，意在整体与内部，不要使局部破坏整体的统一，不要使外部动作影响内部稳定，应做到轻松自如，心旷神怡。因此，在运动前就必须心安神定，摒除杂念，还要注意四容五要：四容是头直、目正、神庄、声静，五要是恭、慎、意、切、和。对人对事都要恭敬谨慎，周密而切实，不说硬话、不做软事，这是学者内心和外貌应具备的养生条件。

养生桩是因病设式，因人而异的。病症不同，其有关的神经和肌肉系统自然就不相同，患者的生活条件、习惯、修养、性情以及其他各种特点，对于设式也有一定的关系，必须根据这些不同的情况，考虑适当的姿势和运动与休息的时间长短，以及身体负担的轻重等，教授者对此自应充分了解情况，做适当的安排，学习者应注意掌握，慎重锻炼，不可忽断忽续，任意活动，只有这样才能收效显著，并防止在锻炼中发生异常现象。

有的人初学时多有怀疑、幻想或任意活动，或拘泥执着等现象，须细心体验，待体验充实之后才能解决。主要是师古不泥古，谨守师法未易有得，不要自作聪明，不要笨拙用功，精神要愉快，肌肉常劳动。离开己身，无物可求，但执着已身，都是错误。力量在身外求取，意念在无心中来操持，若本着以上的所谈切实用功，细心体会，自不难得到万变无穷，奇趣横生之妙。

七、修养锻炼

关于《黄帝内经·素问》中的提挈天地、把握阴阳、呼吸精气，先贤已经论述。在此对于"独立守神"的修养锻炼稍加补充。"独立守神"即在用功之前，应首先着想游于物初，静会全机之意。视同植物外形不动，内里却起着根生发展、顺逆、横生的变化，万不可走入一招一式断续的方法，那就破坏无余了，局部运动纵然有益，长久也有害，是慢性的戕生运动。

锻炼时要永远保持意力不断的虚灵挺拔，轻松均衡以达到舒适、得力为原则。锻炼时，要凝神定意，默对长空，内要清虚空洞，外要中正圆和，洗涤一切杂念，扫除一切情缘，寂静调息，内外温养，浑身毛孔放大，有如来回过堂风之感，使肌肉群不期然而然地成了变得好像一条空口袋挂在天空，上有绳吊紧，下有木支撑，有如躺在天高地阔的草地上，又像立在悠悠荡荡的水中，如此肌肉不锻自炼，神经不养自养，这是锻炼的基本要义。

怎样才能凝神定意呢？要使意念如洪炉大冶，无物不在陶熔中，并尽量吸收一切杂念，来则熔之，不久杂念自可消除，倘若故意拒绝杂念，则一念未去，万念齐来，精神涣散、神意外驰，就不能做到意定神凝。

锻炼时还要有这样的意态，使肢体和大气相呼应，自然而然地发挥整体和本能的作用，不可有丝毫的矫揉造作，一有矫揉造作和局部方法，就破坏了整体和本能的作用，这种运动是一种人体本能学术，一法不立，无法不备的意义，就在于此。

锻炼方法虽简实难，初步锻炼是大动不如小动，小动不如不动，由不动才能体认到四肢百骸的一动而无不动之动，如此神经始易稳定，热力才易保持，自然地增强新陈代谢，有了这个基础，才能逐渐学动，才容易体会不动之动，动犹不动，一动一静，互相为根之动，然后才能体会到大气的压迫，松紧力的作用，也就不难控制一切平衡中的不平衡，以及动荡枢纽之动，不动而动，动而不动，同时起着刚柔、虚实、松紧错综，表里为用之动，至于假借一切之动，言之太繁，姑不谈叙，全体就自然地发挥了上动下自随、下动上自领、上下动中间攻，中间攻上下合，内外相连，前后左右都相应之动，以上是试验各种力的功能作用，盖力由试而得知，由知而得其所以用。

锻炼是在无力中求有力，在微动中求迅速，一用力身心便紧，百骸失灵，并有注血阻塞之弊。这种力量是精神的、是意念的，有形则破体，无形能神聚。

先由不动中去体会，再由微动中求认识。欲动又欲止，欲止又欲动，有动中不得不止，止中不得不动之意，要注意从拙笨里求灵巧、平常中求非常、抽象中求具体，用功时浑身大小关节都是形曲力直，神松意紧，肌肉含力，骨中藏棱，神犹虎豹，气若腾蛟，而神意之放纵有如飓风卷树，拔地欲飞，其拧摆横摇之力，有撞之不开，冲之不散，湛然寂然，居其所而稳如山岳之势，外形拙笨，意力灵巧，大都平凡，反是非常，不由抽象中求根本，找不到具体，学理自通，自然明了。

"肌肉若一"是特别重要的一步功夫，和之前论述的紧密联系，没有这步功夫作基础，任何动作也没有耐劳持久的能力，这虽是肌肉锻炼，但仍是以形为本，以意为用，因形取意，意注全身，以精神内敛为主。这种运动，加强运动也是减低疲劳，减低疲劳正是加强运动，锻炼和休息是一回事，要在调配适当，使患者在不知不觉中就增强了耐劳持久的能力，并尽量减轻大脑和心脏的负担，以达到舒适得力为止。

八、调配方法

1. 肢体调配　不外高低、左右、单重、双重。不论头、手、身、肩、肘、足、膝、胯各处，都有单双、松紧、虚实、轻重之别，凡体会得到的精微细小之处，也都是如此。要使用骨骼支撑或力量的称合、肌肉的联系等法。

2. 内脏调配　是神经支配，意念导引，心理影响生理，生理作用心理，互相为用共同作用的结果。

3. 时间调配　是以学者性情浮沉、体质强弱为基础，总要不超过负担能力，不使思想上产生烦闷或厌倦。

九、基本姿势

运动的特征，是在运动中体会身体内外的变化，如何使浑身大小关节，都成钝形三角，更好是不要平面积，尤不许有执着点，而是轻灵浑然，想浑身血液循环有如水钻沙子之意，按之如水中漂木之力，而全身又像湖水空舟飘飘无定，唯风力是应，听其自然。这种神意的表现是随着个人的风度、性格、天赋、特征以及年龄的老幼、体质的强弱和用功时间的长短，病情种类之不同，并不是简单几个姿势所能表现的。

因此，说明这种运动必须根据一切不同的条件，深切体会，逐步加强，随时调配，都是根据具体情况运使变通，使局部跟着全体起作用，经过锻炼大都有效。如果某处有病就治某处，非但无效，且恐有损失，如果忽视这一点而精神、力量一切就不够了。

调配的方法，一有形、一无形，有形的是姿势、骨骼肌肉，无形的可就无穷了，精神、意念、假想、力量，也就不是几个姿势所能范围的，但姿势也是需要的，不过要把这种运动完整地用图表现出来，目前因客观条件和能力的限制，还不能做到。

1. 站式

（1）休息式：两脚略呈八字形分开，宽度与肩齐，两脚着地，脚趾微微抓地，全身重量放在脚掌上，两膝微曲前不过脚尖，臀部似坐似靠，上身保持正直，两手反背贴腰，臂半圆，腋半虚，身躯挺拔、正直。

（2）扶按式：两臂稍抬起，手指微曲并自然分开，指向斜前方，掌心向下，如按水中浮木或浮球，其他同休息式。

（3）托抱式：两手近不贴身，远不过尺，手指相对，手心向上相隔三拳左右，位于脐下，如托抱一大气球，其他同休息式。

（4）撑抱式：两手抬至胸前，距胸约一尺，手指自然分开微曲，两手相隔三拳左右，手心向内如抱物状（为抱式），或手心向外如撑手状（为撑式），其他同休息式。

2. 坐式　端坐椅上，上身正直，两膝弯成约90°，两脚掌着地，相距约与肩齐，两手放于腿根部，手指自然分开并微曲，指向斜前方，臂半圆，腋半虚。两脚前伸，膝微曲，足尖回钩，足跟着地，双手如抱物状（见站中之撑抱式）。

3. 半伏式　一般对消化系统疾病有较好疗效，双手扶按在桌、椅背上等或两肘搭伏在桌面上亦可，两腿分开如站式，臀部后依如坐凳，腹部放松。

4. 卧式　身体仰卧，两腿微微分开，两足跟着床，两膝消弯曲，肘部着床，两手放于腿窝或小腹部位，也可抬至胸前做抱物状。以上几种姿势，其头部可正直，有上顶感，也可向后仰或左右稍偏。两目可闭，亦可半闭，也可睁开看远方一点，或漫无目标地看远方，全身要放松。同时，意念活动也极为重要。

十、常见问题

1. 坐和蹲混淆。站桩的过程是似坐非坐，膝盖不是主动弯曲，是靠坐的动作压弯的。

2. 执着于身体某一部分，不能全局整体地理解身体。不能老想着身体某一部分动作是否符合要领，要全局考虑，想着怀抱气球，所有和气球接触到的身体要连成一体。

3. 没有把自己的意加到动作要领中。比如划船，并不是手臂的无意识摆动，要想着确实是在划船。

4. 胸部动作不到位。

5. 四肢和身体反撑动作不到位。任何动作，四肢和身体都要相反。

6. 不要被现象迷惑了，好多人看着站桩姿势是前倾，其实恰恰相反，身体不但不是前倾做到的姿势，而是要后靠，身体都没有向前的力。

十一、正常反应

河北省中医院内经养生桩团队成员受邀或单位派遣到各个社区、事业单位、农村以及各大中小型会议中教授大家练习内经养生桩已经有 4 年多的时间了。尤其近 2 年健康风采大赛中传播社区 50 多个，去单位社区讲课 40 多次，受益人群将近 15 000 人次。在这一过程中，所遇到的一些常见问题如下。

1. 首次站桩的人群

第一，健康人群。身体没有疾病的保健人群。刚开始站桩时，胳膊和肩部容易出现酸胀麻痛的现象，这是正常反应。因为人们平时都习惯了局部用力，胳膊和肩部就会不自主地用力，无法真正的放松，从而影响气血循环。《素问·举痛论》言"通则不痛，痛则不通"，这句话就是告诉我们，身体疼痛的地方就是我们身体气血经络不通顺的地方。

第二，亚健康人群和已患病人群。首先出现病灶反应，也就是说人体有疾病的部位和器官首先会不舒服，出现酸胀麻痛等症状，比如腰椎间盘突出的人群，一站桩首先出现腰部难受不适，甚至疼痛等症状；胃不好的人群，首先会出现胃部不舒服。此症状是胡增平老师亲身经历过的，刚开始练习时，胃部难受不适，师父就问是不是平时胃不好，因为习练之前从来没有和师父说过胃不舒服，但通过站桩就体现出来了，因为确实有慢性胃炎，消化也不好，身体偏瘦，站桩一年后胃不舒服的症状恢复了，体重开始增加，消化吸收功能也好了。

2. 站桩一个月后

第一，健康人群。身体胳膊和肩部的症状会减轻，可耐受或者直接症状消失，胳膊肩部开始出现放松状态，开始逐步体会身体的奥秘。

第二，亚健康和身体出现问题的人群。病灶反应会减轻或者症状消失，比如腰椎间盘突出的患者，腰痛会减轻或者基本消失，腿部走路会感觉有力。失眠的患者，这时候睡眠会有所改善，基本能够睡个好觉。值得重点提出来的是，有些人会出现症状反复的现象，这也是正常的，比如失眠症状没有了，过几个月突然又开始睡不着了，只要坚持练下去，症状还会消失。它的规律是一次比一次轻，一次比一次持续的时间短。

3.几个月后或者一年左右

第一，只要坚持站桩，体态会逐渐改善，比如身体歪斜，胳膊一个高一个低，双脚感觉一个有力，一个无力等不平衡的现象，这些都是正常的。这就是人直立行走后，四肢分工不同，开始有了自己的任务，受力不均匀造成的。如一般人都是用右手持筷进餐或用右手写字，造成了身体右侧比左侧肌肉强度大、拉力大，骨骼就会出现歪斜现象，这种现象到了临界点人体就会生病。

第二，出汗的现象基本是贯穿始终的，有的人刚开始几分钟就大汗淋漓，这个持续几个月或者时间更长，这是身体气虚所致，气有摄血的功能，气虚则血虚，这个就像海绵，海绵少了，吸的水就少了。保不住血了，就像海绵，海绵少了，吸的水就少了。随着时间增长，出汗会减少，说明站桩可以练气、养气。还有一种人群，刚开始站桩不出汗，站桩一段时间以后，身体会突然出汗，就像管道有地方堵着，突然疏通了的感觉，这种感觉只有亲身经历才能切实感觉到，不要对这种现象有神秘感，练习时间长以后就正常了，说明身体机能在增强。

这些都是站桩过程中会遇到的常见问题，以后还会逐步地延伸，深层次研究站桩后身体出现的正常现象，以期能为大家解除站桩困惑！

十二、祛病疗疾

站桩能够起到调节神经机能、调整呼吸、增强血液循环和新陈代谢的作用，因而对神经系统、骨骼以及新陈代谢各方面的病症，特别是急性转为慢性的病症，都有良好的疗效。

站桩效果虽因人因病而异，有大小快慢之别，但除去随学随止之外，没有疗效是很少的，而且有很多病愈之后继续锻炼，大多收到转弱为强，老而益壮之效。

由于缺乏文字记录，对于过去的经验不但未能总结，就是习练者的人数姓名也无法统计，现在为了供大家参考，只好将最近一两年来对于站桩治疗各种疾病的一点体会，分类略述于下。

高血压——神经性的收效较快，器官功能发生变化的如血管硬化或冠状动硬化收效较慢。

关节炎——一般的风湿性和多发性关节炎都易于治疗，属于后遗症或先天性的关节炎比较难治。

气管炎——气管炎的种类很多，大多有肺气肿和心脏喘的症候，得病不久者，收效较快，先天性的不易治疗，但和年龄、体质、性情及生活条件有密切关系，只要耐心持久地练功，饮食起居多加注意，也是可以治愈或减轻的。

胆囊炎——经历过的胆炎患者，大多已做过胆切除的手术，有的已经转为肝脾病或神经衰弱病，根据过去的几个患者来看，在练功过程中病状是逐步减轻的，痊愈的前后效果都很好，将来能否把握，尚难预测。

肝病——肝肿大和肝硬化只要耐心适当地练功，再注意饮食和环境方面的保养，可以逐渐减轻以至治愈。

肺病——只要按照步骤适当地耐心练功，再加上注意饮食保养，一般都可治愈。

胃肠病——疗效良好，但比较迟缓，病情较轻者三四月可好，病情较重者八九个月，三五年不等。

心脏病——习练站桩的患者大都反馈效果良好，但这种疾病主要是在个人性情和生活环境，如性情和生活条件不好，则见效不显著。

神经衰弱——精神分裂症、筋肉失和等症状比较容易治疗。一般的头晕脑涨，头痛等症状较易治疗，收效的快慢主要在于能否稳定神经，已经引起消化不良或便秘者收效较慢。

肢体偏瘫——要耐心练功，持之以恒，一般是可以好转或减轻的，但此类疾病最易复发，必须在练功的同时，避免生气、着凉、劳累，如舌强手脚均不利，则站桩不能用于治疗。

第四章

内经八段锦

一、概述

八段锦是在我国民间流传很广的一种健身功法，它是由八组不同的动作组成的。将该功法的八组动作及其效应比喻为精美华贵的丝帛、绚丽多彩的锦绣，是为了显示其珍贵，称颂其精练完美的编排和良好的祛病健身作用。

八段锦在北宋年间已流传于世，有坐势和站势之分。由于站势八段锦便于群众习练，所以流传甚广。明清时期，站势八段锦有了很大的发展，并得到了广泛传播。清末《新出保身图说·八段锦》首次以"八段锦"为名，并绘有图像，形成了较完整的动作套路。

内经八段锦结合内经养生桩改编而成，根据中医整体理念，达到阴阳平衡的效果，对身体的锻炼更全面，它适合任何人群，对全身的五脏六腑各个关节气血循环，强身健骨都起到了很好的效果。

二、功法特点

1. 脏腑分纲，全面协调　八段锦依据中医藏象理论，以脏腑的生理、病理特征分证来安排导引动作，将导引动作与肺脏、心脏、脾脏、肾脏和胆腑的生理病理紧密联系在一起。在八组动作中，每一组都有其明确的侧重点，且注重每组间功能效应的呼应协调，从而全面调整脏腑功能及人体的整体生命活动状态。

2. 形神结合，气寓其中　八段锦通过动作导引，注重以意识对形体的调控，将意识贯注到形体动作之中，使神与形相合；由于意识的调控和形体的导引，促使真气在体内流行，达到神注庄中、气随庄动的境界。

3. 对称和谐，动静相兼　本功法每式动作及动作之间表现出对称和谐的特点，形体动作在意识的导引下，轻灵活泼、节节贯穿、舒适自然，体现出内实精神、外示安逸、虚实相生、刚柔相济的神韵。

三、动作要领

预备式：双脚平行站立，养生桩准备姿势站好。

1. 内经八段锦招式一　双手托天理三焦。

从正面撑抱桩开始（图4-1），想象前方有一盆水，双手把水端起（图4-2），同时身体胸腹下降，手臂上升（图4-3），上翻举起（图4-4），然后把水轻轻向下放，十指相对掌心朝外（图4-5），身体缓缓上升，然后从小指开始内旋。

这一式动作，通过双手上托，缓缓用力，可有效抻拉我们的手臂、肩背，使三焦通畅、气血调和；同时，双臂反复地上举、下落，还可锻炼肘关节、肩关节和颈部，有效防治肩背病、颈椎病，久坐的上班族适合练习。

图4-1　正面撑抱桩

图4-2　双手把水端起

图 4-3　身体胸腹下降，手臂上升　　　　　　图 4-4　上翻举起

图 4-5　十指相对掌心朝外

2. 内经八段锦招式二　左右开弓似射雕。

从正面撑抱桩（图 4-6）开始，以左侧为例，双手交叉左转（图 4-7），左臂内侧右臂外侧（图 4-8），左转到左侧时，左臂外翻似射箭，右手拉弓姿势（图 4-9），想象前方鸟在飞，身体随着鸟转动，向三个方向，后左前（图 4-10，图 4-11）。同理练习右侧。

这一式动作，展肩扩胸，可刺激督脉和背部俞穴，同时，调节手太阴肺经等经脉之气。它能有效发展下肢肌肉力量，提高平衡和协调能力，同时，增加前臂和手部肌肉的力量，提高手腕关节及指关节的灵活性。并有利于矫正驼背、肩内收等一些不良姿势，很好地预防肩、颈疾病。

图 4-6　正面撑抱桩

图 4-7　双手交叉

图 4-8　双手交叉左转，左臂内侧右臂外侧

图 4-9　左臂外翻，右手拉弓姿势

图 4-10　身体随着飞鸟转动，后左

图 4-11　身体随着鸟转动，后前

3．内经八段锦招式三　调理脾胃须单举。

从正面撑抱桩开始（图 4-12），以左侧为例，想象着手里边有一杯水（图 4-13），把这杯水托起来，不让它掉落（图 4-14），随后上举下按，把水举起（图 4-15），就是把你的意和行结合起来兼练，眼睛一直看着手里这杯水。同理，练习右侧。

　　做此式动作时要用身体来带动，是活动我们的胯部，而不是腰部，否则很容易造成腰部不适。这一式动作通过左右上肢一松一紧的上下对拉，可以牵拉腹腔，对中焦脾胃起到按摩的作用；同时可以刺激位于胸胁部的相关经络以及背部俞穴等，具有调理脏腑经络的作用；该式动作还可以使脊柱内各椎骨间的小关节及小肌肉得到了锻炼，从而增强脊柱的灵活性与稳定性。

图 4-12　正面撑抱桩

图 4-13　想着手里边有一杯水

图 4-14　把这杯水托起来

图 4-15　上举下按

　　4. 内经八段锦招式四　五劳七伤往后瞧。

　　从正面撑抱桩开始（图 4-16），想着前方有一堵墙，手里边有个刷子（图 4-17），想着从前边，在墙上磨着走。以左侧为例，左手掌心朝前，左手写一个反 2，左手由上到左，再向下的时候掌心翻转朝上，两个掌心相对（图 4-18）。接着左手心，向下翻转，掌心朝下，身体带动左手臂旋转，往后看（图 4-19）。同理，右手是写一个正 2。要求，不管胳膊在什么地方，都要保持桩形，以内经养生桩为基础。

"五劳"指的心、肝、脾、肺、肾等五脏的劳损，"七伤"指喜、怒、悲、忧、恐、惊、思等七情伤害。此式动作通过上肢伸直外旋扭转的静力牵张作用，可以扩张、牵拉胸腔、腹腔中脏腑。同时，"往后瞧"的转头动作，还可刺激颈部大椎穴，增加颈部及肩关节运动肌群的收缩力，改善颈部及脑部血液循环。

图 4-16　正面撑抱桩开始

图 4-17　想着前方有一堵墙，手里边有把刷子

图 4-18　左手由上到左，再向下的
时候掌心翻转朝上，两个掌心相对

图 4-19　左手心，向下翻转，掌心朝下，
身体带动左手臂旋转，往后看

5. 内经八段锦招式五　摇头摆尾去心火。

从正面撑抱桩开始（图4-20），以左侧为例，第一个动作是摇头，头向左转动，同时右手从左臂内侧向上穿出（图4-21）；第二个动作是摆尾，左脚抬起，脚尖向左后摆动落下，身体向左脚方向下压，头从左后侧方向看后脚跟，同时双手向前上撑开，十指相对，掌心朝外，如龙角。想着自己的脊柱，从上往下，有一个旋转（图4-22），极度灵活，扭头过来以后，想着双手，是龙角，把这个龙翻转过来。同理，练习右侧。

此式动作除强调松以解除紧张并使头脑清醒外，还必须强调静。"心火"为虚火上炎、烦躁不安的症状，而摆尾的俯身旋转动作，便有降伏"心火"的作用。而且还能锻炼督脉、膀胱经、肾经，收敛心火。

图4-20　正面撑抱桩

图4-21　摇头，头向左转动，同时右手从左臂内侧向上穿出

图4-22　摆尾，想着自己的脊柱，从上往下，有一个转动

6. 内经八段锦招式六　两手攀足固肾腰。

从正面撑抱桩开始（图4-23），双手放身后腰眼处，然后头后仰（图4-24），从颈椎开始，把关节练活，开始一节一节往下走，然后双手顺着腿的外侧阳经下来（图4-25），然后从胳膊肘开始起来，展翅一样，然后身体做一个鸟仰头喝水的动作（图4-26）。

这一式动作越慢越好，最好能体会到脊柱一节一节慢慢卷的感觉，将尾椎、骶椎、腰椎、胸椎、颈椎一节一节由弯曲而竖直，细心体会每节椎骨由弯曲而变竖直的感觉，直立后体会整个脊柱贯通一气的感觉。此外，在两膝直立情况下俯身前屈，这样才能充分地刺激脊柱、督脉，以及命门、阳关、委中等穴位。

图 4-23　正面撑抱桩开始

图 4-24　双手放身后腰眼处，然后头后仰

图 4-25　双手顺着腿的外侧阳经下来

图 4-26　鸟仰头喝水的动作

7. 内经八段锦招式七　攒拳怒目增气力。

从正面撑抱桩开始（图 4-27），以左侧为例，双手握拳，想着身体左侧有一棵树，往左靠树，身体向左转动，同时双臂内旋，把右拳送出（图 4-28）。所有的动作，都是通过身体带动做出来的。同理，练习右侧。

此式动作能够舒畅全身气机，同时使大脑皮层和自主神经兴奋，有利于气血运行，并有增强全身筋骨和肌肉的作用。

图 4-27　正面撑抱桩开始

图 4-28　双手握拳，靠树，身体转动，把拳送出去

8. 内经八段锦招式八　背后七颠百病消。

从正面撑抱桩开始（图4-29），然后用胯往下坐，如坐到弹簧上，顺势弹起（图4-30）。坐的时候想着是七个点，如从左侧手腕、肘、肩到右侧肩、肘、腕还有中间，然后每颠一次看一个点。向从左侧开始，接着再从右侧练习一遍。

此式动作重在有节律的弹性运动，它能使椎骨之间及各个关节韧带得以锻炼，对各段椎骨疾病有防治作用。也有利于脊髓液的循环和脊髓神经功能的增强，进而加强全身神经的调节作用。同时，转动头部对颈椎也有好处，经常练习这一动作，能明显感受到锻炼所带来的效果。

图4-29　正面撑抱桩　　　　图4-30　用胯往下坐，如坐到弹簧上，顺势弹起

四、适宜人群

内经八段锦是一种中国传统的养生健身方法，练习时柔和缓慢、圆活连贯、循序渐进，适合各类人群，如青少年、久坐人群、老年人、体质弱人群、慢性疾病患者等。

1. 青少年　青少年正处于生长发育阶段，适当的运动可以促进骨骼和肌肉的健康发育。八段锦的动作涵盖了伸展、扭转、收缩等多种运动方式，可以帮助促进青少年的生长发育。

2. 久坐人群　长期久坐的人群需要适当的活动，如司机、乘务员、办公室人员等。八段锦可通过伸展、扭转、放松等动作，缓解久坐引起的身体不适，帮助减轻腰背酸痛、缓解颈肩压力，提高身体柔韧性和舒展度。

3. 老年人　老年人大多面临肌肉和关节僵硬等问题，八段锦的动作可以通过伸展和扭转来帮助保持身体的灵活性和关节的活动度，且能帮助老年人提高平衡和稳定性，降低摔倒的风险。

4. 体弱人群　八段锦的动作包括伸展、扭转、呼吸等练习，有助于增强身体的柔韧性、力量、平衡和协调性，体质弱的人群想要锻炼增强体质时可以选择。

5. 慢性疾病患者　高血压、糖尿病、关节炎等人群，可通过八段锦的部分动作帮助舒缓压力、改善心理状态、提高身体素质，有益于慢性疾病管理。

八段锦简单易学，节省时间，作用通常较为显著，其效果适合于各类人群。

五、注意事项

1. 禁忌

（1）不明病因的急性脊柱损伤或患有脊髓症状的人不宜练功。

（2）各种骨骼病者以及骨质疏松者不宜练功。

（3）严重的心、脑、肺疾病患者和体质过于虚弱者不宜练功。

2. 注意事项

（1）训练强度：内经八段锦练习，一般可以配合内经养生桩练习，时间比为2∶1，每天两次为好，每次练习时间由于受到性别、年龄、身体条件等因素的影响，练习者个体差异很大，不应攀比，心态要平衡，需结合自己的实际情况灵活掌握，可以根据自己身体素质练习。30分钟以上效果较好，最多不超过1小时。

（2）呼吸吐纳：自然呼吸即可，不可人为造作，最忌讳憋气。

（3）形体运动：包括两方面，一是姿势，二是意识。对于初学者，在练习中首先要抓好基本桩型。正如古语所说"形不正则气不顺，气不顺则意不宁，意不宁则气散乱"，可见基本身形的重要。由此可见形意配合的重要性。

第五章
内经五禽戏

一、华佗与五禽戏

华佗被世人尊称为外科"鼻祖"。他根据虎、鹿、熊、猿、鸟五种动物的动作和神态创制了五禽戏，开创了我国体育医疗健身运动之先河。从生命价值的角度而言，华佗及其建安医学文化在我国文化史上与建安文学有着同等重要的地位。

华佗，字元化，又名旉。沛国谯（今亳州市谯城区）人，东汉末杰出的医学家。华佗生卒时间不详，约生于公元 2 世纪中叶，卒于 3 世纪初。

华佗少年时代，耳闻目睹东汉王朝政治腐败，战祸连年、病疫流行，百姓陷于水深火热之中，便绝念仕途，决心以医济世。沛相陈珪、太尉黄琬先后荐他为官，他都婉言谢绝，只想做一个为百姓解除疾病之苦的民间大夫。他精研岐黄之术，在民间行医，足迹遍及彭城（今江苏徐州）、广陵（今江苏扬州）、盐渎（今江苏盐城市西北）、甘陵（今山东清平县南）、东阳（今四川恩阳西北之东阳城）、山阳（今山东金乡县西北）、许都（今河南许昌）等地，深受民众爱戴。这一时期他还先后为孙策治疗弩毒，为关羽治疗箭镞毒，为广陵太守陈登医病。

大约在建安五年，曹操召华佗为侍医。曹操与华佗本是同乡，华佗曾多次为曹操治头痛病，每治皆愈，但难除根。曹操便强留华佗做其侍民。华佗志在为民间解除疾苦，借故还乡。曹操一怒之下，将华佗逮捕下狱。曹操的谋士荀彧为华佗说情，希望能够释放他。曹操竟然蛮横地说："不忧，天下当无此鼠辈邪。"华佗临死前，将在狱中写成的医学著作《青囊书》转托于狱吏，说："此书可以活人。"但狱吏怕受牵连，不敢接收。华佗在极度悲愤中把书稿烧掉，造成我国医学史上无法弥补的重大损失。后来曹操的爱子仓舒病死，他才后悔地说："吾悔杀华佗，令此儿强死也。"

华佗的医学成就，当首推麻醉术的发明和对外科手术的创新，这是他对中国医学最具影响力的贡献。据陈寿《三国志》记载，华佗的外科手术非常高明，"刳破腹背，抽割积聚""断肠湔洗，缝腹膏摩"。为一患者做腹部手术，"佗遂下手，所患寻差"；为一患者治脾疾，他破腹施术，并"饮之以药，百日平复"。凡是顽固性疾病，根在体内，针灸皆失治，他就给患者内服一种叫"麻沸散"的麻醉剂。患者服下后，全身麻醉，失去知觉，再做开腹的手术，然后缝合，敷上药膏，四五天就能愈合，一个月左右可以完全复原。华佗发明麻沸散并应用于临床是在公元2、3世纪，而西方医学家在19世纪40年代才开始使用乙醚进行全身麻醉，比华佗的"麻沸散"晚1600多年。因此，华佗有"麻醉先师""外科鼻祖"的美誉。

华佗不仅擅长外科，而且通晓经史，精通内、妇、儿、针灸各科。他诊断疾病，善于察声望色，根据患者的体征、表情、面目行色来判断疾病所在和轻重缓急。《后汉书》和《三国志》中有多处记载。例如，有一天几个人在盐渎酒店喝酒，华佗走过来对一个叫严昕的人说："你有急病，从面相可以看出来，最好不要多喝酒。"果然，严昕由酒店出来没走多远，便头晕目眩，从车上摔下来死了。还有一个叫徐毅的人请华佗治病，他说，昨天请人针刺胃管（中脘）以后，便咳嗽不已，不能躺卧。华佗诊断后对他说，没有刺中胃管，而是刺中了肝脏，恐怕五天以后就没救了。过了五天，徐毅果然死了。华佗对脉学的掌握达到了炉火纯青的境地，"脉之候，其验若神"。为甘陵相夫人看病，切脉后当即判断"胎已死矣"；为广陵太守陈登治病，切脉后即确定"胃中有虫数升"。

华佗善于辨证施治。有两个人都患头痛、发烧，来找华佗医治，华佗察色观脉以后，给一个人开了泻下药，给另一个人却开了发汗药。旁边的人不明白其中的奥妙，华佗说，他们二人虽然病证相同，都是实证，但一个患外实证（感冒），另一个则患内实证（伤食）；病因不同，处方自然也不同。两个人服药后病就都好了。

华佗除善于用汤剂外，还擅长针灸。据《三国志》记载："若当灸，不过一二处，每处不过七八针，病亦应除。若当针，亦不过一二处，下针言'当引某许，若至，语人'。病者言'已到'，应便拔针，病亦行差。"简要来说就是取穴精简，注意针感传导，疗效卓著。华佗根据自己的临床经验，提出"夹脊相去一寸"的新分法。在这一穴位扎针，不仅能确保安全，而且能取得很好的疗效。后人把此穴位命名为"华佗夹脊穴"。

华佗对寄生虫的治疗也有独到的见解。有一天，华佗在路上遇到一位患者患"咽喉阻塞症"。他认为是肠内寄生虫所致，便对患者说，你刚才过来的路上有卖饼的，可以向他们要三升萍齑喝，你的病就能够治愈了。齑是一种味道非常酸的腌菜，患者如法吃了萍齑后不久，果然吐出一条大蛔虫，咽喉立即通畅了。第二天，患者带着这条蛔虫去拜谢华佗，发现华佗屋内悬挂着数十条类似的蛔虫。可见华佗的治虫经验是很丰富的。

华佗"晓养性之术"，提倡"人体欲得劳动，但不当使极尔，动摇则谷气得消，血脉流通"的养生观，创造出五禽之戏，"体有不快，起作一禽之戏，怡面汗出，因以著粉，身体轻便而饮食"。五禽戏既强身健体，又预防及治疗疾病，对世界运动医学产生了深远的影响，被视作中国对世界医学的重大贡献。

华佗主张有教无类，凡学者必教之，凡教之无隐藏，他授徒众多，使其医学成就得以传世。在门徒中，以吴普、樊阿、李当之三人为佼佼者。吴普是跟随华佗学外科的，著有《华氏药方》十卷、《吴氏本草》六卷，特别是《吴氏本草》（也称《吴普本草》）对我国后来医药学影响较大。《四部备要·神农本草经序》对此书评价曰："神农，黄帝，岐伯，雷公，桐君，医和，扁鹊，以及后代各医之说，靡不备载。"可见此书之详备，可惜已经遗失了。樊阿是跟随华佗学针灸的，其针灸技术非常高明，华佗和樊阿打破了一些当时医家所认为的针法禁忌。李当之是跟随华佗学药物学的，他的著作有《本草经说》《道术本草经钞》各1卷、《药录》6卷，《药法》42卷，《药律》《药目》各3卷，《药性》《药对》《神农采药经》各3卷，《药忌》《药方》各1卷。这些著作也未能流传下来。

华佗医术高明，医德高尚，根据相关史料记载，我们可把华佗的医德精神总结为以下六个方面：①济世救厄，服务民众；②尚仁贵德，不慕权势；③刻苦进取，谦虚好学；④钻研技艺，创新学术；⑤坦诚待患，方便患者；⑥授业解惑，无私奉献。这些思想通过后人感悟中的尽情领受和不断发挥，仁智各具，显现出途殊同归的价值，最终成为一种永恒的人格魅力，使华佗成为人们心目中的镜鉴和榜样。

华佗的传记载于《后汉书》和《三国志·魏书》。今亳州市华祖庵中陈列有中国科学院颜天明写的《华佗乡土别传》。

二、概述

华佗在《庄子》"二禽戏"（"熊经鸟伸"）的基础上创编了"五禽戏"。其名称及功效据《后汉书·方术列传·华佗传》记载："吾有一术，名五禽之戏：一曰虎，二曰鹿，三曰熊，四曰猿，五曰鸟。亦以除疾，兼利蹄足，以当导引。体有不快，起作一禽之戏，怡而汗出，因以著粉，身体轻便而欲食。普施行之，年九十余，耳目聪明，齿牙完坚。"

南北朝时陶弘景在其《养性延命录》中有比较详细的记载"虎戏者，四肢距地，前三掷，却二掷，长引腰，侧脚仰天，即返距行，前、却各七过也。鹿戏者，四肢距地，引项反顾，左三右二，左右伸脚，伸缩亦三亦二也。熊戏者，正仰以两手抱膝下，举头，左擗地七，右亦七，蹲地，以手左右托地。猿戏者，攀物自悬，伸缩身体，上下一七，以脚拘物自悬，左右七，手钩却立，按头各七。鸟戏者，双立手，翘一足，伸两臂，扬眉鼓力，各二七，坐伸脚，手挽足距各七，缩伸二臂各七也。夫五禽戏法，任力为之，以汗出为度，有汗以粉涂身，消谷食，益气力，除百病，能存行之者，必得延年"。陶弘景在该书中，不但对五禽戏的具体操作步骤进行了描绘，而且提出了五禽戏的锻炼原则——"任力为之，以汗出为度"。

内经五禽戏是在现传五禽戏的基础上，在《黄帝内经》的理论指导下结合内经养生桩衍生出来的动态功法，基本还原了古代五禽戏。其通过模仿五种动物的动作和精气神达到疏通经络，调节气机的功能。坚持练习能够强身健体，祛病延年。

三、动作要领

1. 虎戏　主肝，由虎举、虎扑组成。整套动作展示了虎的威猛、雄壮。刚劲有力的特点。具有疏肝理气，拉伸督脉的功能。

左式：（虎举）双脚平行站立，与肩同宽，双手抬起胸前抱球，与肩同高（图5-1），左脚向左转动90°，右脚跟向右摆45°，双臂向左脚方向前伸，左手腕和左脚对齐，右手腕和右脚对齐，眼睛看左脚方向（图5-2）。用意不用力，以意带形，双手如端水盆（图5-3），从右脚边开始向左脚方向移动并举起（图5-4），与眉齐，同时左脚后撤到右脚边，脚尖着地（图5-5），感觉双臂无法承受水盆力量，逐步下放至肩齐，突然水盆翻转，双臂内翻把水盆扣在地面，双手指向左脚方向（图5-6）。（虎扑）右脚收至左脚边，脚尖着地，同时右手臂前伸从左手肘上，交叉前伸（图5-7），同时左手臂后撤，双臂同时顺时针方向各画一个圆，停顿时双臂交叉，面向右前方。右脚迈出两脚半距离，重心前移到右脚，双臂收至胸前（图5-8），然后双臂前伸，重心后移同时进行，形成对拉状态，就如老虎捕食，用嘴撕裂食物之意（图5-9）。

右式同左式，方向相反即可。

图5-1　双脚平行站立，与肩同宽，双手抬起胸前抱球，与肩同高

图5-2　左脚向左转动90°，右脚跟向右摆45°，双臂向左脚方向前伸，左手腕和左脚对齐，右手腕和右脚对齐，眼睛看左脚方向

图 5-3 双手如端水盆   图 5-4   从右脚边开始向左脚方向移动并举起

图 5-5   左脚后撤到右脚边，脚尖着地   图 5-6   双臂内翻把水盆扣在地面，
                                              双手指向左脚方向

图 5-7   脚收至左脚边，脚尖着地，同时右手臂前伸从左手肘上，交叉前伸

图 5-8 右脚迈出两脚半距离，重心前移到右脚，双臂收至胸前

图 5-9 双臂前伸，重心后移同时进行，形成对拉状态，就如老虎捕食，用嘴撕裂食物之意

2. 猿戏 主心，由猿摘、猿提组成。整套动作展示了猿的机敏灵动的特点，具有调节心智，凝神聚气的功能。

左式：（猿摘）双脚平行站立，与肩同宽，双手抬起胸前抱球，与肩同高（图 5-10）。用意不用力，以意带形，双手如爬树，以身体转动带动手臂，左手开始，三次后，右手拨叶，左手摘桃（图 5-11），放入右手心。（猿提）右脚收至左脚边，双臂收回，双肘朝下，手腕自然放松收至胸骨前（图 5-12）。眼睛向右看，然后右脚向右横出，左脚收至右脚边（图 5-13），同时右手上升到右眉处，左手下降到脐部，眼睛向左看（图 5-14），最后恢复初始状态。

右式同左式，方向相反即可。

图 5-10 双脚平行站立，与肩同宽，

双手抬起胸前抱球，与肩同高

图 5-11 左手摘桃

图 5-12 右脚收至左脚边，双臂收回，双肘朝下，手腕自然放松收至胸骨前

图 5-13 眼睛向右看，然后右脚

向右横出，左脚收至右脚边

图 5-14 右手上升到右眉处，左手下降到脐部，

眼睛向左看

3. 鹿戏　主肾，由鹿抵、鹿奔组成。整套动作展示了鹿收敛又奔放流畅的特点，具有按摩带脉，拉伸督脉壮腰强肾的功能。

左式：（鹿抵）双脚平行站立，与肩同宽，双手抬起胸前抱球，与肩同高（图5-15）。用意不用力，以意带形，如鹿抵，手指里中指和无名指向掌心收回，手背放到前额两侧，手指朝外，身体前倾45°，然后眼睛从左侧向后看，脊椎随之转动，身体自然转回正面，眼睛再从右侧向后看，脊柱随之转动，身体自然转回（图5-16）。（鹿奔）手型不变，下落与肩高，手心朝下，左脚向左前方迈出，重心前移，然后重心向后，双臂前伸，手型不变，掌心向内拧转朝外（图5-17）。重心前移，掌心朝下按，收回左脚。接着右脚向右前方迈出，重心前移，然后重心向后，双臂前伸，手型不变，掌心向内拧转朝外。重心前移，掌心朝下按，收回右脚。恢复初始状态。

右式同左式，方向相反即可。

图5-15 双脚平行站立，与肩同宽，双手抬起胸前抱球，与肩同高

图5-16 手指里中指和无名指向掌心收回，手背放到前额两侧，手指朝外，身体前倾45°，然后眼睛从左侧向后看，脊椎随之转动，身体自然转回正面，眼睛再从右侧向后看，脊椎随之转动，身体自然转回

图 5-17　手型不变，下落与肩高，手心朝下，左脚向左前方迈出，重心前移，然后重心向后，
双臂前伸，手型不变，掌心向内拧转朝外

4. 熊戏　主脾，由熊运、熊晃组成。整套动作展示了熊的憨厚拙朴的特点，具有按摩脾脏，促进胃肠蠕动，调节脾胃的功能。

左式：（熊运）双脚平行站立，与肩同宽，双手抬起胸前抱球，与肩同高（图5-18）。用意不用力，以意带形，如熊蹭树，身体由右向左蹭树，再由左向右蹭树，如此三遍，双臂从左侧如搬缸搬出，同时左脚向左前方迈出（图5-19）。（熊晃）双臂抱球自然下落（图5-20），逆时针转一周（图5-21），然后再自然下落顺时针转一周，同时带动胯部转动，如双手之间有蜜蜂，想捉它又怕被蜇的状态。后背后靠如熊蹭树，由左向右，三次后双臂如抱缸搬回，左脚后撤恢复初始姿势。

右式同左式，方向相反即可。

图 5-18　双脚平行站立，与肩同宽，双手抬起胸前抱球，与肩同高

图 5-19 如熊蹭树，身体由右向左蹭树，再由左向右蹭树，如此三遍，双臂从左侧如搬缸搬出，同时左脚向左前方迈出

图 5-20 双臂抱球自然下落

图 5-21 逆时针转一周

5. 鸟戏 鸟戏主肺，由鸟伸、鸟飞组成。整套动作展示了鸟的轻盈舒展的特点，具有平衡肺的宣发速降，吐故纳新的功能。

左式：（鸟飞）双脚平行站立，与肩同宽，双手抬起，胸前抱球，与肩同高（图 5-22）。用意不用力，以意带形，双臂如翅膀向两侧展开，手臂内翻掌心朝外，同时抬起右脚，脚尖上钩（图 5-23），然后右脚内扣落于左脚前方，左脚抬起外摆落于左脚左侧（图 5-24），右脚再抬起外摆，落于左脚前方，抬起左脚内扣，落于右脚前方，抬起右脚外摆，落于右脚右侧，再抬起左脚外摆落于右脚前方，最后抬起右脚落于左脚右侧，与肩同宽，双臂胸前抱球，恢复初始姿势。（鸟伸）双臂交叉，身体下坐，左脚收到右脚边，脚尖点地，然后突然如气球爆炸，左脚左臂向左下方拉伸，右臂向右上方拉伸。左脚着地，右脚收到左脚边，同时身体下坐，双臂交叉，突然如气球炸裂，右脚和右臂向右下方拉伸，左臂向左上方拉升，左右形成一条直线对拉状态。右脚着地，双臂前抱，恢复初始状态后，双手向两侧推（图5-25），同时向前摆动，如翅膀扇动，如此重复三次，恢复初始状态。

右式同左式，方向相反即可。

图5-22　双脚平行站立，与肩同宽，双手抬起，胸前抱球，与肩同高

图5-23　双臂如翅膀向两侧展开，手臂内翻掌心朝外，同时抬起右脚，脚尖上钩

图5-24　右脚内扣落于左脚前方　　　图5-25　恢复初始状态后，双手向两侧推
　　左脚抬起外摆落于左脚左侧

四、历史渊源

最早记载"五禽戏"名目的是《后汉书》与《三国志》，南北朝陶弘景所著《养性延命录》也有提及。据说五禽戏是汉代名医华佗发明的，但也有人认为华佗是五禽戏的整理改编者，在汉代以前已经有许多类似的健身法。华佗模仿虎、鹿、熊、猿、鹤5种动物的动作创编的"五禽戏"是一套防病、治病、延年益寿的医疗气功。它是一种外动内静、动中求静、动静兼备、有刚有柔、刚柔并济、练内练外、内外兼练的仿生功法。

五、功效

现代医学研究证明，内经五禽戏是一种行之有效的锻炼方式，能提高神经系统的功能，提高大脑的抑制功能和调节功能，有利于神经细胞的修复和再生。

它能提高肺功能及心脏功能，改善心肌供氧量，提高心脏排血力，促进组织器官的正常发育。同时，它还能增强肠胃的活动及分泌功能，促进消化吸收，为机体活动提供养料。

六、注意事项

1. 练功时，需做到全身放松，呼吸均匀，专注意守，动作自然。

2. 用于慢性病的康复治疗时，可练全套，也可选练其中的1～2节。如虎戏可醒脑提神、强壮筋骨；鹿戏可明目聪耳、舒筋活络、滑利关节；熊戏可健腰膝、消胀满；猿戏可提高人体对外界反应的灵敏度，还可防治腰脊痛；鸟戏可增强呼吸机能，提高人体平衡能力。

3. 内经五禽戏运动量较大，应量力而行，切不可勉强。也不宜太累，以遍身出微汗为标准。

4. 一般情况下，可选练其中一套。操练中要做到神情专注，全身放松，自然呼吸，使自己处于胸虚腹实的状态。

第六章
内经鹤行步

一、概述

内经鹤行步由基础式、鹤起、鹤行、鹤动四个动作组成，一静三动，静动结合，形神同练，内外兼修，能够凝神定意，强健筋骨。主要作用在于通过拉伸脊椎，疏通经络，使四肢灵活自如，还可濡养五脏六腑，尤其对增强肺脏功能有奇效。

二、动作要领

内经鹤行步是在现行鹤行步的基础上，在《黄帝内经》的现行理论指导下结合内经养生桩衍生出来的动态功法，基本还原了古代鹤行步。

1. 基础式（图6-1）：两腿左右分开，双脚平行而立，内侧与肩同宽。两臂抬起至胸前，略低于肩，十指张开自然微曲，两手指尖距两三拳，腋下半虚涵。双膝微曲，不超过脚尖。

注意事项：头直目正，神闲气静，似坐非坐，似靠非靠，似枕非枕，似笑非笑，似尿非尿，双臂如抱气球。

2. 鹤起：以基础式为起式，双手下翻，想着前方有墙，把双臂扶到墙上，然后想着大椎骨后有一根绳往上吊，做的时候双掌下按墙，同时后边往上吊（图6-2），下去的时候想着这根绳慢慢地放下来、起来（图6-3），颈椎的上吊和双臂的下按形成这个动作，四肢和躯干进行上下对拉反撑。这个动作主要是颈椎和整个脊柱能够起到一定拉伸作用。

注意事项：胸脯一定不能往上顶，永远是往下坠的。

图6-1　基础式

图6-2　双掌下按墙，同时后边往上吊

图6-3　下去的时候想着这根绳慢慢地放下来、起来

3. 鹤动：以鹤起为基础，以基础式为起式（图6-4），向四个方向前后左右移动做动作（图6-5，图6-6，图6-7）。

注意事项：不能挺胸，这一点很关键；另外，脚起来的时候身体要用颈椎的力量把胯带起来，通过胯带动膝盖，再用膝盖带动脚，一定不能用脚直接蹬起来。

图 6-4 基础式为起式

图 6-5 身体向上移动

图 6-6 身体向下移动

图 6-7 身体向前移动

4. 鹤行：以鹤动为基础，双臂展开，如翅膀展开一样（图 6-8），然后做鹤起和鹤动，两个连起来就是鹤行。在鹤动的过程中，身体左移，然后鹤起，双臂如翅膀一样进行扇动（图 6-9），同时带动双腿灵活移动。

注意事项：身体带动双臂，而不是双臂自己在动，是身体的上下起伏带动手臂，做扇翅的动作。

图 6-8 双臂展开，如翅膀展开一样

图 6-9 双臂如翅膀一样进行煽动

三、功效

长期习练鹤行步可以拉伸脊椎，温濡五脏六腑，使腿脚的灵活度、身体的平衡度得到提高。同时，该动作对肩肘关节进行了拉伸，长期练习对肩周炎，腰腿痛也会有较好的疗效。

长期习练鹤行步可以加强肺脏功能，锻炼过程中，通过动作调节呼吸来保障全身气机的升降出入，使人体心态平和，肺脏有节律地一呼一吸，为人体营造和谐的内环境，能够达到提高免疫力的效果。

总之，内经鹤行步通过模仿鹤形动物的动作和精气神能够达到拉伸脊椎、舒展筋骨，增强心肺功能的作用。

四、注意事项

1. 内经鹤行步练习时，如果对摩擦步有一定的基础，练习起来会更容易，所以可以先从练习摩擦步开始。

2. 内经鹤行步涉及身体的起伏，老年人群和腿脚不方便的人群，注意身体落下的时候不要太低，以免腿部受力过大而损伤。

3. 内经鹤行步要深刻体会仙鹤那种超凡脱俗的意境，步履轻盈，飘飘欲仙，从而达到用意不用力，闲庭散步，优雅从容的形态。

第七章
内经五行操

一、动作要领

内经五行操的五行之意在于劈之形似斧,性属金,锻炼肺;崩之形似箭,性属木,锻炼肝;钻之形似锥,性属水,锻炼肾;炮之形似炮,性属火,锻炼心;横之形似梁,性属土,锻炼脾。

1. 劈:虎扑式起,以左侧为例,左脚在前,右脚在后,和左脚成45°,左脚尖、左脚跟、右脚跟在一条线上两侧,双脚约两脚半距离;左手腕和左脚尖对齐,右手腕和右脚尖对齐,五指撑开朝前,掌心朝下。右脚和右手同时前移,右脚脚尖点地收到左脚边,左手与右手交叉,右手在上,停顿一下,左手后撤画圈,右手前伸画圈,停顿下,右脚向右侧45°方向蹚出,同时右手向右脚方向劈出,变为右侧虎扑式。右侧通左侧,两边循环劈出。

2. 钻:虎扑式起,以左侧为例,左脚在前,右脚在后,和左脚成45°,左脚尖、左脚跟、右脚跟在一条线上两侧,双脚约两脚半距离;左手腕和左脚尖对齐,五指撑开朝前,掌心朝下,右手腕和右脚尖对齐。左脚垫半脚,脚尖朝左侧45°,同时左手变外侧缘外撑,停顿下,右脚经左脚边向前蹚出,脚尖朝前,同时右手变拳从左手内侧向上钻出,拳心朝内,左手变拳下按。右侧通左侧,两边循环钻出。

3. 崩:虎扑式起,以左侧为例,左脚在前,右脚在后,和左脚成45°,左脚尖、左脚跟、右脚跟在一条线上两侧,双脚约两脚半距离;左手腕和左脚尖对齐,五指撑开朝前,掌心朝下,右手腕和右脚尖对齐。左脚垫半脚,脚尖朝左侧45°,

右脚抬起，收支左脚边，双臂抬起，掌心斜相对，手指朝前，左手比右手稍微靠前，停顿下，右脚向前方蹚出，脚尖朝前，同时右手前伸变拳落下。右侧通左侧，两边循环崩出。

4. 炮：虎扑式起，以左侧为例，左脚在前，右脚在后，和左脚成45°，左脚尖、左脚跟、右脚跟在一条线上两侧，双脚约两脚半距离；左手腕和左脚尖对齐，五指撑开朝前，掌心朝下，右手腕和右脚尖对齐。左脚向左横拉半步，右脚抬起，收支左脚边，双手抓回，变拳收到面前，拳心朝内，停顿下，右脚向右侧45°蹚出，右手位置不变，拳心变向朝外，左手向左脚方向崩出，顺势左手收到面前，拳心朝外，右手向前崩出。右侧同左侧，两边循环练习。

5. 横：虎扑式起，以左侧为例，左脚在前，右脚在后，和左脚成45°，左脚尖、左脚跟、右脚跟在一条线上两侧，双脚约两脚半距离；左手腕和左脚尖对齐，五指撑开朝前，掌心朝下，右手腕和右脚尖对齐。双手变拳，右手从左前臂中间，向左穿插，双臂交叉后，右手前臂外旋，右拳向前打出，拳心朝上。停顿下，左脚向前垫半脚，脚尖朝前，右脚经左脚边向左脚右前方45°蹚出，同时左手从右臂中间穿插，交叉后，左前臂外旋，拳心朝上，向前打出，右前臂内旋，拳心朝下。右侧同左侧，两边循环练习。

二、功效

内经五行操是根据中医理论，把内经养生桩和形意拳的劈、崩、钻、炮、横进行融合，创新而成的内经五行操，对人体的五脏——心、肝、脾、肺、肾起到锻炼滋润保养的作用。用以坚实其内，整饬其外，取相生之道，以为平时之练习，强健其身体，增长其气力，以强身祛病。

三、适宜人群

内经五行操适合腿脚灵便，有一定内经养生桩基础的人群练习。可以作为后期身体强壮阶段的功法。

四、注意事项

1. 内经五行操是以内经养生桩为基础，需要多练内经养生桩，配合着动静结合练习，效果最佳。

2. 内经五行操练习的过程要放松，呼吸自然，不要用拙力，最忌讳强弩力。

3. 练习前后不宜过饱或者在饥饿状态下练习，可以饭后过一个小时再练习。

4. 由于内经五行操拉伸力度比较大，为防止疲劳和劳损，不要过度劳累，应做到适可而止。

第八章

养生桩站桩心得体会

一、站桩心得体会一

我今年 56 岁。2022 年 6 月 23 日加入胡老师的教学群已经满 3 个月，最初站桩的时候感觉脚很麻，麻得不像是自己的，手还会抖，并且还有脊柱侧弯，刚开始站桩时右脚总是不由自主地外侧用力，意识到以后就赶紧调整，但是过会儿又会变成外侧用力，并且身体向左歪，然后我就会有意识地调整，站 20 分钟就会出现背部疼痛的症状，但我都咬牙坚持，因为我相信通过站桩能减轻身体疼痛不适的症状，直至好转。坚持站桩 3 个月让我看到了效果，现在脚不麻了，手不抖了，脊柱侧弯也不疼了。另外我的小腹左侧疼痛多年，我心里想着只有一个字——站，因为我相信通过站桩一定会有改善。连续坚持了一段时间，疼痛明显好转了，现在站桩已经是我每天必做的事情，在平时坐着的时候我也会按照站桩的要点来做，只要有空就会站一会儿，站桩使我受益，我一定会一站到底。

二、站桩心得体会二

我今年 50 岁。处在这个年龄容易出现更年期，为了保持身体健康，最近一两年我都坚持晨练。2019 年 9 月份，在晨练时机缘巧合接触到了内经养生桩，从此开始了养生站桩之路。

刚开始只能站桩 15 分钟，现在能站 40 分钟了，我从不懈怠，练养生桩一年多以后，身上许多"小毛病"都有了不同程度的改善，心里特别高兴，自己受益之后，也想把这种体会分享给大家。

1. 由于年轻时的劳累和不注意保养，三四年前开始腰酸腰疼，每次弯下腰起身的时候必须做慢动作才能起来，腰和躯干就像是脱开一样。因为腰部没有力气，所以不敢走远路。站桩 3 个月后酸痛的症状消失了，提不起腰的感觉也消失了。站桩 4 个月后就能感觉到腰有劲了，无论是干活，还是走远路都感觉轻松了。人忽然变得轻盈了很多，现在练习站桩已经一年了，腰酸腰痛的现象都没出现过，无论站或坐，腰板都挺得笔直。

2. 我在年轻时孕期得了痔疮，因为年龄小体质比较好，没有复发。40 岁以后，体质变差了，痔疮时不时地"出来捣乱"，不敢久坐久站，一有症状就会痛苦不堪。练站桩一个月后，症状就不明显了，3 个月后痊愈，并且没有再复发。

3. 2019 年 7 月份，偶然发现我的左腿腘窝处静脉曲张比较明显，去医院检查，医生说没有可根除的药物，只能平时多加注意。站桩将近 2 个月的时候，左腿腘窝处鼓胀弯曲的血管平滑了很多，静脉曲张明显见好，双腿酸胀感已无。截至目前，站桩已经一年多，腿部感觉良好。站桩给我带来了惊喜，养生桩真是太神奇了！

4. 因为颈椎病带来的头晕、呕吐、肩颈疼痛等症状，在站桩 3 个月后开始减轻。但是站桩到第 3 个月尾时头部麻木感忽然强烈，心里有些不安，我咨询了胡老师，并按胡老师说的要求坚持不懈地站桩，3 周以后头部麻木感基本消失，颈椎出现了许久没有的轻松感和舒适感。我因为工作原因整天盯着电脑，颈椎病的症状不但没有出现复发，而且肩周炎也好转了很多。

5. 以前同事们总笑话我一年四季都在感冒，自从开始站桩，体质增强了，现在一年中基本少有感冒发生。

6. 人到中年容易发胖，尤其是肚子上最容易长肉。不仅影响体态，而且很难减掉。自从开始练习养生桩，我发现自己的肚子变小了，体重很稳定，整个人也显得年轻了。

很高兴结识了内经养生桩胡老师，感恩胡老师无私的奉献！感谢一起练功的朋友们给予的帮助！

通过一年多养生桩的练习我受益颇多，也更加坚信了养生桩的功效。我也向同事们推荐了养生桩，同时也相信自己一定能够坚持下去，收获健康！收获快乐！

三、站桩心得体会三

我今年 62 岁。自 2017 年 3 月份去河北省中医院跟随胡老师开始学习站桩到现在，最大的感觉就是身体轻松了。平时关注胡老师发的文章并逐字参悟，感觉受益匪浅。

1. 往年每年最少感冒 5 次，靠打针输液才能痊愈。开始站桩后，感冒次数减少了，如果感冒吃点口服药一般就能痊愈。

2. 站桩以后腿脚有力量了，走起路来脚步也轻便了，惊喜的是腿上出现了肌肉凸起。

3. 站桩之后大脑较之前清晰了，眼睛舒服了很多。现在站桩每天早上 30 分钟，下午 30 分钟。站完桩后喝一杯茶水，感觉身轻体健。

以上是我站桩一年来的真实感受，在此特别感谢胡老师的教授指点和辛勤付出。

四、站桩心得体会四

我今年 66 岁。坚持站桩半年多的时间，现将站桩的心得 体会分享给大家。

1. 得康健　本人站桩前患有颈椎病，不但脖子痛，而且手麻、怕凉，不敢开冰箱拿东西。腰椎间盘突出严重，平时只能坐硬板凳。脚走路时遇到地不平的时候，就会牵扯到腰疼，现在上述症状已经全部正常。站桩前静脉曲张严重，现在也平滑了很多。站桩前眼睛看东西模糊，现在看东西清晰了很多。

2. 得气力　站桩前与其他人一起走路，自己明显比别人慢。站桩后不仅走路有力气了，而且精力旺盛了许多，拿东西时也明显比站桩前有劲了。

3. 得礼仪　站桩时要求头直、目正。膝盖不过脚尖，高不过眉，低不过脐等，这些胡老师常讲的不单是站桩的要求，而且还蕴含着深厚的做人的道理。

秘籍：在胡老师的正确教导下，坚持多练、多问，胡老师每次调桩要记住动作要领，一直坚持站到下次调桩。若把站桩比作登山，胡老师就是登到山顶的那个人，我们在登山途中所遇见的，搞不清的，他站在山顶看得清清楚楚。为了身心康健，别无选择，只有听话，坚持站！感恩明师胡增平不辞辛苦的正确教导！让我身心健康！感谢桩友们的指引与相互交流！

五、站桩心得体会五

我今年 68 岁。2021 年春节疫情期间，为了增强体质，提高免疫力，我开始学习胡老师的内经养生桩，通过半年多的练习，身体状况有了明显好转。

站桩是中华民族传统的强身健体项目，不花钱，见效快，对场地、时间无要求，运动量适中可控，不容易受伤，非常适合中老年人练习。现在，我们处于市场经济，胡老师免费为大家教授养生桩，真是大爱无疆，感恩胡老师。

为了让大家了解养生桩，学习养生桩，我将这半年来站桩的体会跟大家分享如下。

第一，形体变挺拔了。我之前是做财务工作的，因为长期伏案工作，所以导致了耸肩驼背、探脖等现象。练习养生桩之后，气血顺畅了，骨骼构架重塑了，形体变得挺拔了。肩部和腿部都有了力量，动作也变得敏捷了。因为耸肩情况好转了，所以脖子显得也修长了。

第二，身体变瘦削了。站桩减肥其实是一个额外的收获，本来没有减肥的计划，站了半年多，体重下降了三四斤，身体的肌肉变紧实了，外形给人的感觉瘦了很多，许多原来不能穿的衣服又能重新穿进去了，心里很是开心。我属于痰湿体质，湿气重，以致整个人松松垮垮的，没有精神。通过练习养生桩，体内多余的湿气慢慢排了出来，整个人变得精神了很多，整体感觉年轻了好几岁。

第三，气色变红润了。由于长期伏案工作，缺少运动，身体僵硬，气血不畅，所以脸色蜡黄灰暗。通过练习养生桩，全身的气血通畅了，原来灰暗蜡黄的脸色逐渐变得红润有光泽。不经常见的朋友们都好奇地问我使用了什么高级化妆品？其实就是通过站桩，原来堆积体内的垃圾排了出来，气血通畅，原来滋养不到的地方重新得到了气血的滋养，肢体静则脏腑运。脸色是身体状态的反映，身体状态好了，脸色也就变得红润有光泽了。

第四，困扰了多年的腰椎、颈椎、膝关节疼痛有了明显好转。由于长期伏案导致腰椎颈椎僵硬，20多年的腰椎间盘突出，通常每年都会犯，严重时一个月犯一次，甚至有滑脱的迹象。曾经去过不少的医院和诊所，采用了各种针灸、按摩、正骨等方法，也都只是缓解，稍不注意就会复发，给工作和生活带来了很多困扰。站桩以后，僵硬症状得到了明显好转。腰疼近半年没有再复发，腰部也有力量了。年轻时工作原因导致膝关节着凉，随着年龄的增大，整个腰和下肢特别怕凉，晚上睡觉必须靠暖水袋才能暖和过来，否则一晚上都是冰凉的。下蹲时膝关节咯吱作响，上楼梯时，疼痛难忍，高一点的楼很难爬上去。通过站桩，打通了气血，原来经常疼痛僵硬的关节变得灵活起来，虽然疼痛并没有完全好转，但是已经有了明显的改变，晚上睡觉腿脚不再冰凉。以前不能爬楼，现在能爬上五楼了。相信随着练习的深入，关节会越来越强壮。原来脚掌脱皮，每年春天的过敏也不治而愈了。

听站桩时间长的一些桩友分享，通过站桩还会使身体长高，心情变得开朗，记忆力增强，胃口好转等。总之，会有各种意想不到的好处。站桩可以让肢体静下来，五脏六腑动起来。通过涵养血脉，恢复机体年轻状态。我练习的时间还很短，但是收获却很大，相信随着时间的推移，身体和心理会有更明显的改观，有机会再跟大家分享。也希望大家都能练习养生桩，爱上养生桩。

六、站桩心得体会六

我16岁参加工作，照书练过少林拳；照报纸练过八段锦；照刊物学过少林内劲一指禅；跟同事练过捧气灌顶、形神桩；花钱学过鹤翔桩、陈式、杨式太极拳；在网上学过念佛打坐，练过混元太极拳，八部金刚功、八段锦等。也曾根据"最好的运动是走路"的理论，每天走12公里，坚持了近半年。所有这些对我来说都有效，但是没有一项能坚持下来。

自2017年7月10日开始练习站桩以来，虽然也有间断，但一次站桩最少10分钟，最多70分钟。到2018年10月31日止，我已累计站桩377天，502次，16309分，折合271小时，按一天24小时计算只有11天多一点。但我从17岁挖防空洞时落下的腰疼病好了，因冬天练太极拳不注意保暖，着凉落下的支气管扩张引发的肺部感染，基本没有复发。就连近几年手上的皮炎也有大大好转。我怎能放得下站桩！时至今日，我才知道，站桩是最不需要条件的健身方法，室内室外都行，行站坐卧都行，就连炒菜、做饭的时间都可以练上一练。站桩不必非有鸟语花香的环境，也不必非得下楼出门。只要有立锥之地，就可站桩。但问题是必须持之以恒，一次站桩的时间能长则长（不低于40分钟最好），一天最少练习10分钟。让站桩像吃饭、睡觉一样。如此一来，想不出效果都不行。

七、站桩心得体会七

不惑年，染重疾。背如冰，身乏力。心戚戚，律不齐。

夜不寐，汗淋漓。遇感冒，邪入里。心彷徨，无生机。

疑无路，有转机。遇站桩，获至宝。初站时，汗滴滴。

腿发抖，肩酸痛。痰邪出，渐有力。五分始，徐加时。

四月至，渐得力。虚汗消，心律齐。背寒轻，能睡着。

不感冒，食欲好。深信任，站桩妙。祛疾病，弱转健。

调阴阳，通气血。从根本，消百病。自愈力，真强大。

六月至，遇师傅。调桩形，内力强。效果明，徐渐进。

苦坚持，有进境。一年至，突发现。体重降，气血充。

肤色明，不畏寒。心力强，有长劲。形体好，赘肉消。

勤练功，不懈怠。日日练，功渐长。近两年，体转强。

精神好，身体柔。疾病轻，去五分。路漫漫，勤求索。

治未病，心仁义。教站桩，惠百姓。望桩友，齐努力。

坚持练，不放弃。先惠己，后惠人。承国粹，强体魄。

仿伯厚，三字经。文字陋，意不达。本心诚，众见谅。